Deseo™

Eres para mí

BRENDA JACKSON

El amor del jeque

OLIVIA GATES

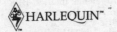

HARLEQUIN™

Editado por HARLEQUIN IBÉRICA, S.A.
Núñez de Balboa, 56
28001 Madrid

© 2010 Harlequin Books S.A. Todos los derechos reservados.
ERES PARA MÍ, N.º 1775 - 16.3.11
Título original: Husband Material
Publicada originalmente por Silhouette® Books.

© 2010 Harlequin Books S.A. Todos los derechos reservados.
EL AMOR DEL JEQUE, N.º 1775 - 16.3.11
Título original: The Sheikh's Bargained Bride
Publicada originalmente por Silhouette® Books.

I.S.B.N.: 978-84-671-9615-3
Depósito legal: B-2498-2011
Editor responsable: Luis Pugni
Preimpresión y fotomecánica: M.T. Color & Diseño, S.L.
C/ Colquide, 6 portal 2 - 3º H. 28230 Las Rozas (Madrid)
Impresión en Black print CPI (Barcelona)
Fecha impresion para Argentina: 12.9.11
Distribuidor exclusivo para España: LOGISTA
Distribuidor para México: CODIPLYRSA
Distribuidores para Argentina: interior, BERTRAN, S.A.C. Vélez
Sársfield, 1950. Cap. Fed./ Buenos Aires y Gran Buenos Aires,
VACCARO SÁNCHEZ y Cía, S.A.
Distribuidor para Chile: DISTRIBUIDORA ALFA, S.A.

ÍNDICE

ERES PARA MÍ

Capítulo Uno

Carmen Akins entró en la carpa instalada para los VIPS, sonriendo a las personas que reconocía y sabiendo que la mayoría ya conocían el fracaso de su matrimonio. Además, seguramente la columna de cotilleos que había aparecido en una revista la semana anterior habría avivado la curiosidad sobre el hombre del que se rumoreaba era su amante.

Se llevarían una desilusión al saber que su relación con Bruno Casey no era más que un truco publicitario inventado por su representante. Su divorcio del famoso productor de Hollywood Matthew Birmingham había salido en las portadas de todas las revistas, provocando un escándalo porque todo el mundo los creía una de las parejas más felices de Hollywood. Muchos habían seguido su noviazgo de cuento y su boda, convencidos de que era el romance perfecto, y había sido una sorpresa cuando todo terminó tres años después.

Carmen había esperado que fuera una separación amistosa y discreta, pero gracias a la prensa eso no había sido posible. Los rumores volaban, con titulares como: *Actriz ganadora de un Oscar deja a su marido por otro hombre*, seguido de otro en el que decían que el famoso productor de Hollywood había dejado a su esposa por otra mujer.

Pero ninguno de ellos era cierto. Sí, había sido ella quien pidió el divorcio, pero no había otro hombre. Y la única amante que había tenido Matthew durante esos tres años era su trabajo.

El primer año de matrimonio había sido todo lo que Carmen había soñado. Estaban locamente enamorados y no podían separarse ni un momento, pero el segundo año todo empezó a cambiar. La carrera de Matthew se volvió más importante que su relación y, por mucho que le dijera que se sentía sola, no sirvió de nada. Incluso había rechazado un par de películas para estar más tiempo con él, pero Matthew trabajaba sin descanso.

La gota que colmó el vaso llegó al terminar el rodaje de la película *Honor*. Aunque Matthew había ido a Francia un par de veces durante la producción de la película, Carmen quería estar a solas con él, sin gente que los interrumpiese a todas horas, y eso era imposible en un rodaje. De modo que cuando terminó su trabajo alquiló una casa en Barcelona para pasar unos días. Era allí donde pensaba darle la noticia de que iba a ser padre y esperaba impaciente su llegada.

Pero Matthew no llegó.

En lugar de eso, la llamó por teléfono para decir que había surgido algo importante y sugirió que lo dejasen para otro momento. Esa misma noche, Carmen empezó a sangrar y perdió el niño. Un niño del que Matthew no sabía nada. Y tampoco sabía que había pasado esos días en Barcelona al cuidado de un médico y una enfermera. Había sido una bendición que los medios no se enterasen y lo único que Matthew sabía era que había recibido los papeles del divorcio.

Carmen miró alrededor, sin dejar de caminar y sin pararse para hablar con nadie. Había mucha gente pero, afortunadamente, los de seguridad se encargaban de que los reporteros no molestasen a los famosos que habían acudido para ver el partido. Y ella lo agradecía. Era un alivio porque llevaba días siendo perseguida por los paparazzi. Especialmente después de que publicasen ese rumor sobre Bruno.

Había decidido pasar el verano en los Hampton, asistiendo al campeonato de polo que organizaba el propietario de la hacienda Siete Robles, de Bridgehampton, todos los años. Necesitaba relajarse, pero debía tener cuidado porque había chismosos en todas partes y aquel sitio no era una excepción, especialmente desde que Ardella Rowe había comprado una casa en la zona.

Ardella era la reina del cotilleo y los periodistas se enteraban de los secretos de muchos famosos que tenían casas de verano en los Hampton gracias a ella.

—¡Carmen, cariño!

Ella hizo una mueca al ver a Ardella. Era como si la hubiese conjurado. Estuvo a punto de seguir adelante, pero sería una grosería no responder. Y aunque Ardella era alguien a quien no querría como amiga, tampoco la querría como enemiga.

De modo que, respirando profundamente, se dio la vuelta.

—Hola, ¿cómo estás?

—Cariño, olvídate de mí, ¿cómo estás tú? —le preguntó Ardella, fingiéndose preocupada mientras le daba un beso al aire—. Me he enterado de lo mal que se está portando contigo tu marido.

Carmen levantó una ceja. Podía imaginar las mentiras extendiéndose por todas partes. La verdad era que su marido no le había hecho nada en absoluto. De hecho, era como si nunca hubiera existido para Matthew. No había sabido nada de él desde que se divorciaron un año antes, pero lo había visto en el mes de marzo, durante la entrega de los premios de la Academia. Como ella, Matthew había ido solo, pero eso sólo sirvió para azuzar a la prensa.

Cuando aceptó su Oscar como mejor actriz secundaria por *Honor*, le había parecido lo más natural darle las gracias por el apoyo que le había ofrecido durante el rodaje. Pero los medios lo habían pasado en grande con su discurso, lanzando rumores sobre una posible reconciliación. Matthew se había negado a comentar nada y ella había hecho lo mismo. No tenía sentido decir nada cuando los dos sabían que no había reconciliación posible. Su matrimonio se había roto y estaban intentando rehacer sus vidas, cada uno por su lado.

Pero rehacer su vida le estaba costando más que a Matthew, quien no había perdido el tiempo. Ver esas fotos de su ex marido con una mujer le había dolido en el alma, pero no intentó devolverle el golpe. En lugar de eso, se había centrado en su carrera.

–Ardella, cariño, estás equivocada –le dijo, con su mejor sonrisa–. Matthew no me ha hecho nada. Al contrario, hemos decidido seguir siendo amigos.

No era verdad. Matthew la odiaba. Según unos amigos comunes, jamás la perdonaría por haberlo dejado. Bueno, pues tampoco ella lo perdonaría por no haber estado a su lado cuando más lo necesitaba.

–¿De verdad? –exclamó Ardella.

–No puedes creer todo lo que oyes por ahí.

–¿Y qué es eso que dicen sobre Bruno y tú?

–Bruno y yo somos amigos, nada más.

–Pero tengo entendido que Matthew está saliendo con una modelo, Candy Sumlar.

Carmen sintió que le ardía la cara al escuchar el nombre de la chica, pero intentó disimular.

–Como te he dicho antes, no puedes creer todo lo que vayan contando por ahí.

Ardella hizo una mueca.

–¿Y lo que he visto con mis propios ojos? Estuve en Los Ángeles hace unas semanas y vi a Matthew con Candy en una fiesta. ¿Cómo explicas eso?

Carmen rió, aunque no le salió una risa alegre.

–No tengo que explicar nada. Matthew y yo llevamos un año divorciados, él tiene su vida y yo tengo la mía.

–¿Pero seguís siendo amigos?

Ardella sería la última persona en saber si eran amigos o no. Aún recordaba la columna que publicó el año anterior, diciendo que Matthew la había contratado para su primera película porque se acostaban juntos.

Pero, pensando que una mentira merecía otra, Carmen respondió:

–Sí, Matthew y yo somos amigos. Hace falta algo más que un divorcio para convertirnos en enemigos.

Esperaba que no le preguntase a Matthew sobre el asunto…

–¡Pero bueno, mira quién está aquí!

Carmen sintió que se le erizaba el vello de la nuca. Y eso sólo podía significar una cosa…

–Parece que tu ex acaba de llegar –le confirmó Ardella–. Pero si dices que sois amigos…

Carmen se dio cuenta de que estaba siendo sarcástica. Y, por el silencio que se había hecho en la carpa, estaba claro que los invitados encontraban aquel drama más entretenido que el partido de polo.

–Viene hacia aquí. Bueno, creo que es hora de irme –se despidió Ardella con una sonrisa.

Carmen habría querido salir corriendo, pero se quedó donde estaba. Tenía que creer que el hombre del que había estado enamorada una vez y que la había amado a ella no iba a hacer nada que la avergonzase. Se mostrarían amables el uno con el otro y luego averiguaría qué estaba haciendo allí. La casa de los Hampton era de Matthew, pero en el acuerdo de divorcio se establecía que ella podía ocuparla mientras Matthew estuviera en Los Ángeles.

¿Qué estaría haciendo allí?, se preguntó.

–Hola, Carmen.

Daba igual cuándo o dónde lo viese, siempre le parecería más guapo que ningún otro hombre. Vestido de manera informal con un pantalón de color café y un polo de diseño azul marino, era el epítome de la masculinidad. Y con la cabeza rapada, la piel del color del cacao, la mandíbula cuadrada, ojos oscuros y labios gruesos, Matthew Birmingham sería capaz de enloquecer a cualquier mujer.

Antes de convertirse en productor y director, había sido actor. Y cuando era actor, Matthew era considerado un rompecorazones. Para muchos, seguía siéndolo.

Sabiendo que eran el centro de atención, Carmen se puso de puntillas para darle un beso en la mejilla.

–Hola, Matthew. Me alegro de volver a verte.

–Lo mismo digo, cariño.

Carmen tuvo que disimular su enfado al verlo allí, en su territorio. Matthew sabía que le gustaba pasar el verano en los Hampton, un sitio al que él no solía ir porque tenía mucho trabajo en California.

–Seguro que podemos hacer algo mejor –susurró él entonces, tomándola entre sus brazos para besarla.

Carmen oyó el clic de una cámara e imaginó que Ardella estaba haciendo fotografías con su móvil. Y, aunque sentía el deseo de apartarse, no tenía voluntad para hacerlo.

Fue Matthew quien se apartó, dejándola mareada. ¡Y con todo el mundo mirando!

–Tenemos que hablar –le dijo, con el estómago encogido. En cuanto salieron de la carpa se volvió hacia él, borrando la falsa sonrisa de sus labios–. ¿Se puede saber por qué me has besado?

Matthew sonrió y, al ver el hoyito en su mejilla, Carmen tuvo que apartar la mirada.

–Porque quería hacerlo. Además, tú me has besado primero –contestó, con tono arrogante.

–Sólo era un saludo amable.

–Y yo te lo he devuelto.

Carmen dejó escapar un bufido de irritación. Se estaba poniendo difícil, algo que hacía muy bien.

–¿Qué estás haciendo aquí? Ya oíste al juez: yo puedo venir a los Hampton…

–Mientras yo esté en California –terminó Matthew la frase por ella–. Pero acabo de firmar un contrato en Nueva York y voy a estar por aquí durante un tiempo, de modo que vamos a tener que compartir casa.

Matthew sintió la tentación de volver a besarla para borrar de su rostro el gesto de sorpresa. Saber que la había dejado sin palabras era satisfacción suficiente, pero si las miradas matasen sería hombre muerto.

Intentando controlar las tumultuosas emociones que experimentaba siempre que estaba con ella, le dijo:

–Claro que puedes marcharte cuando quieras. Te aseguro que lo entendería.

Esa sugerencia la enfadaría aún más porque él sabía cuánto le gustaba pasar los veranos en los Hampton. Ésa era la razón por la que había comprado la casa. Pero si pensaba que iba a permitir que durmiera con un amante en su casa, estaba muy equivocada.

–¿Cómo te atreves?

Matthew no pudo evitar una sonrisa. Una vez le habían encantado los retos que lanzaba su mujer, especialmente en el dormitorio.

–Cuidado, hay gente mirando –le advirtió–. Tal vez sería mejor seguir fingiendo, como antes con Ardella.

Carmen lo miró con lo que podría parecer una sonrisa amistosa, pero en realidad le estaba enseñando los dientes. Seguía siendo la mujer más guapa que había visto nunca. Él conocía a muchas mujeres guapas, pero cinco años antes, cuando Carmen se presentó a un casting para una película suya, supo que aquella chica podría robarle el corazón a cualquier hombre. En cámara o fuera de cámara, Carmen Akins daba sentido a la expresión «radiante».

–Tenemos que hablar, Matthew.

Matthew se encogió de hombros, fingiendo desinterés. Carmen lo había tenido comiendo en la palma de su mano una vez, pero no volvería a ocurrir. Él sería el primero en admitir que aún le costaba aceptar que hubiera pedido el divorcio, pero era humano y si seguía mirando esos preciosos ojos castaños recordaría cosas que no quería recordar. Por ejemplo, cómo se oscurecían cuando llegaba al orgasmo.

–No, no tenemos nada que hablar. Cuando me dejaste lo dijiste todo. Y ahora, si no te importa, el partido está a punto de empezar.

Y después de eso se dio la vuelta, dejándola boquiabierta.

Capítulo Dos

Carmen apretó los dientes, furiosa, mientras salía de la finca Siete Robles. Después del beso, sin duda los rumores sobre una posible reconciliación empezarían a circular de nuevo y eso ya era demasiado. De modo que, fingiendo una súbita jaqueca, subió a su descapotable y tomó la carretera que llevaba a la casa.

Era una preciosa tarde de julio, pero dudaba que Matthew supiera que le había estropeado el día. Seguramente lo había hecho a propósito y eso demostraba lo egoísta que era.

Matthew no había querido entenderla. No había entendido lo que le contó sobre el matrimonio de sus padres: una madre cuya ambición era ser la mejor agente inmobiliaria de Memphis y un padre que necesitaba triunfar a toda costa como asesor financiero. Esa dedicación a su trabajo los había aislado el uno del otro hasta que, por fin, se divorciaron. Carmen había querido un matrimonio diferente, pero al final había conseguido lo mismo.

Suspirando, admiró el precioso paisaje, lamentando tener que irse cuando había llegado el día anterior. Sus añoradas vacaciones de verano se habían ido por la ventana…

Se preguntó entonces qué clase de proyecto tendría en Nueva York. Pero no era asunto suyo, se dijo. Lo que hiciera Matthew con su vida no le importaba nada.

Unos minutos después, tomaba el camino que llevaba a la casa. Recordaba la primera vez que Matthew la llevó a los Hampton, meses después de casarse, prometiéndole que pasarían allí las vacaciones todos los años. Ella había ido todos los veranos, pero Matthew siempre estaba demasiado ocupado y su trabajo era lo primero.

Mientras bajaba del descapotable se preguntó si pensaría llevar allí a Candy Sumlar. ¿Pasaría más tiempo con su novia del que había pasado con su mujer?

Furiosa, cerró de un portazo. Cuando llegó el día anterior estaba relajada, contenta, pero en aquel momento podría estrangular a alguien.

Subió al piso de arriba a toda velocidad, decidida a hacer las maletas y estar a kilómetros de allí cuando terminase el partido porque sabía que Matthew no se iría a un hotel. Le daba igual que ella hubiera llegado antes.

Pero cuando entró en el dormitorio se detuvo de golpe. Matthew había dejado la maleta sobre la cama. ¿Se habría sorprendido al ver que sus cosas estaban allí? Desde luego, no había perdido el tiempo buscándola para avisarla de su presencia. Y la había besado, además. Carmen se llevó un dedo a los labios, notando la impresión de los de su ex marido.

Cuando abrió el armario y vio la ropa de Matthew colgando al lado de la suya tuvo que tragar saliva. Ver eso le recordaba lo felices que habían sido una vez…

Enfadada, apartó la ropa de su ex marido y tomó unos cuantos vestidos que tiró sobre la cama. Iba a buscar su maleta cuando, de repente, se dio cuenta de que estaba dejando que Matthew le estropease las vacaciones. ¿Por qué tenía que ser ella la que se marchase?

Estaba cansada de correr. Durante un año después del divorcio había hecho todo lo posible para no encontrarse con él. No acudía a fiestas ni iba a los sitios a los que solían ir juntos, de modo que se quedaba en casa cuando no estaba trabajando. Prácticamente se había convertido en una reclusa y ahora quería pasarlo bien. ¿Por qué iba a dejar que le estropease las vacaciones cuando era él quien debería marcharse?

De repente, supo lo que debía hacer: era hora de que Matthew Birmingham probase su propia medicina.

Haría lo imposible para que no pudiera resistirse y cuando creyera que la tenía donde quería, en la cama, lo dejaría colgado.

Carmen sonrió. La venganza nunca sería más dulce.

Matthew entró en la casa, cerró la puerta y miró alrededor. Le había sorprendido ver el coche de Carmen aparcado en la puerta porque esperaba que se hubiera marchado.

Ardella Rowe lo había buscado durante el partido para decirle que su ex mujer se había marchado porque tenía un fuerte dolor de cabeza. Y, por supuesto, él había tenido que marcharse inmediatamente, fingiendo estar preocupado, aunque sabía que Carmen había usado el dolor de cabeza como una excusa para desaparecer.

La oyó moverse en el piso de arriba y pensó que estaría haciendo la maleta. Seguramente no querría esperar ni un minuto para volver donde fuera que había estado escondida durante los últimos meses.

Matthew decidió despedirse de ella antes de volver a Siete Robles, con la esperanza de ver el final del partido, pero cuando empezó a subir la escalera le llegó el aroma de su perfume; un perfume que él conocía bien y que Carmen usaba siempre.

Suspirando, metió las manos en los bolsillos del pantalón. Aquélla sería la primera vez que estuviera en la casa sin ella y pensar eso lo entristeció. Pero era mayorcito y podría soportarlo. Además, Carmen ya le había hecho suficiente daño y dudaba que pudiese perdonarla por hacerle creer que existía el amor verdadero para demostrarle después que no era así.

Había dejado de intentar imaginar en qué momento empezaron a separarse. Él sería el primero en admitir que trabajaba demasiadas horas, pero lo hacía con la intención de conseguir un respaldo económico suficiente como para no tener que trabajar toda la vida.

Aunque Carmen ganaba mucho dinero con su trabajo como actriz, él era su marido y se creía en la obligación de darle todo lo que pudiera necesitar. La carrera de un actor tenía muchos altibajos y, aunque en aquel momento le iba bien, su intención era que nunca tuviera que preocuparse.

Habían hablado de formar una familia, pero Carmen no había entendido que asegurar el futuro de sus hijos era importante para él. Tal vez porque su ex mujer no había crecido rodeada de pobreza.

¿Qué había de malo en intentar asegurarse el futuro? Seguía sin entenderlo y cuanto más lo pensaba más furioso se ponía.

Había construido su mundo alrededor de Carmen. Ella era lo único que importaba y todo lo que hacía lo hacía por ella, pero su ex mujer no lo había entendido. Y ahora era un hombre con la vida destrozada, aunque haría lo que fuese para que ella no lo supiera.

Matthew llegó al dormitorio y, sin molestarse en llamar, abrió puerta.

Y se quedó helado.

Capítulo Tres

Carmen se dio la vuelta al oír el ruido de la puerta.

—¿Qué haces aquí? —exclamó, mientras se abrochaba el cinturón de la bata.

Matthew seguía mirándola, en silencio, sin duda percatándose de que acababa de ducharse y estaba desnuda bajo la bata.

—Te he hecho una pregunta.

Él la miró a los ojos entonces.

—¿Qué estás haciendo, Carmen?

Su voz sonaba ronca, agitada.

—¿Tú qué crees que estoy haciendo? Acabo de darme una ducha y me estoy vistiendo. Deberías haber llamado antes de entrar.

Matthew sacó las manos de los bolsillos del pantalón y, al hacerlo, Carmen vio un bulto bajo la tela. Era evidente que estaba excitado y tuvo que disimular una sonrisa. Su ex marido había mordido el anzuelo, como ella esperaba.

—Ésta es mi casa, de modo que no tengo que llamar. ¿Y por qué sigues aquí? ¿Por qué no estás haciendo la maleta?

Carmen cruzó los brazos sobre el pecho mientras seguía la dirección de su mirada. Sabía que sus curvas se marcaban claramente bajo la bata y, aparentemente, Matthew también se había dado cuenta.

–He decidido quedarme.

–¿Perdona?

–He dicho que me quedo. Pensé que estarías en Los Ángeles todo el verano, por eso decidí pasar las vacaciones aquí. Y no pienso marcharme sólo porque tú hayas decidido aparecer de repente.

–Deberías haber comprobado qué planes tenía yo para el verano, ¿no te parece? Si lo hubieras hecho, te habría dicho que pensaba venir aquí. Siento mucho que tengas que marcharte, pero así es.

Carmen levantó la barbilla, orgullosa.

–No pienso ir a ningún sitio. Merezco algo de paz y tranquilidad, he trabajado mucho este año.

–¿Y crees que yo no?

–Sé que trabajas mucho, Matthew. De hecho, llevas eso de «trabajar mucho» hasta el extremo.

Al ver que fruncía el ceño temió haber dicho demasiado, pero era la verdad. El tiempo que había pasado lejos de ella era una herida que aún no había curado.

Matthew se acercó a ella entonces, con ese caminar pausado que podía hacer que las mujeres salivasen. Ojalá no siguiera pareciéndole tan atractivo, tan masculino. Tenía que controlarse, pensó. Su objetivo era darle a probar su propia medicina, darle la espalda como había hecho él.

Tragó saliva cuando se detuvo frente a ella, pero se negaba a dar un paso atrás.

–No vas a quedarte.

–¿Ah, no?

–Creo que las cosas quedaron establecidas en el acuerdo de divorcio. Tú querías terminar con este matrimonio y eso fue lo que hicimos. No viviremos bajo el mismo techo en ninguna circunstancia.

Los ojos que una vez la habían mirado con tanto amor la miraban ahora con una animosidad que le rompía el corazón.

–No pienso marcharme. Tuve que apartar a los paparazzi a empujones para llegar aquí y seguramente estarán esperando como buitres para ver qué hago ahora. Tu vida amorosa ha llamado mucho la atención y están intentando de todas las maneras posibles que diga algo al respecto.

–A mí me pasa lo mismo. Tu aventura con Bruno Casey no ayuda nada, pero seguro que, si vuelves a California, podrás alojarte en la casa que ha comprado en la playa.

Carmen estuvo a punto de decirle que no tenía una aventura con Bruno, pero decidió que no era asunto suyo, especialmente cuando él tenía una aventura con una modelo. Aunque se negaba a mencionarlo. Lo último que quería era que pensara que le importaba. Porque *no* le importaba.

–Bruno está rodando en Roma y, además, quiero quedarme aquí. Me encanta este sitio. Siempre me ha encantado y tú lo sabes.

–Sigue siendo mi casa.

–La única razón por la que no dejaste que me quedara con ella en el acuerdo de divorcio es que sabías cuánto me gustaba. Querías hacerme daño.

–Piensa lo que quieras, yo me voy a ver el final del partido –dijo Matthew–. Y espero que no estés aquí cuando vuelva.

–No pienso irme.

La expresión de Matthew pasó de dura a inexplicablemente cansada.

–No voy a perder el tiempo discutiendo contigo.

–Pues no lo hagas.

Estaban mirándose el uno al otro como dos contrincantes. Pero luego, sin decir una palabra, Matthew se dio la vuelta y Carmen contuvo el aliento hasta que lo oyó arrancar el coche.

Matthew decidió no volver a Siete Robles. En lugar de eso fue a dar una vuelta en el coche para aclarar sus ideas y calmar su furia. Carmen se estaba poniendo difícil a propósito y no había sido así desde el principio de su relación.

Entonces la había perseguido con una insistencia de la que no se creía capaz, aunque ella se resistía. Pero en cuanto la conoció supo que no sólo la quería en sus películas, también la quería en su cama y no pararía hasta lograrlo.

Sin embargo, llevársela a la cama había sido imposible y antes de conseguirlo descubrió que se había enamorado de ella. No sabía cómo había pasado, pero así era. La quería de tal forma que supo entonces que nunca podría amar a otra mujer como amaba a Carmen.

Carmen, que le había prometido amor eterno el día que se casaron. ¿Qué importaba que trabajase muchas horas? ¿El «hasta que la muerte nos separe» no significaba nada para ella? Además, si no hubiera trabajado tanto no sería uno de los directores y productores más importantes de Hollywood.

Había estado seguro de que ella entendería su deseo de triunfar, que sería la única persona que no lo defraudaría nunca. Su padre lo había defraudado no casándose con su madre cuando la dejó embarazada y su madre lo defraudó casándose con Charles Murray, el padrastro del infierno. Carmen había restaurado su fe en el género humano y estaba convencido de que no lo decepcionaría nunca.

Pero se había equivocado. Lo que le había hecho era imperdonable.

Matthew detuvo el coche a un lado de la carretera y se quedó allí, mirando la playa. Entrar en el dormitorio y encontrarla con esa bata casi transparente había sido demasiado. Por un momento, el deseo le había ganado la partida al sentido común y sólo podía pensar en su cuerpo, que conocía tan bien...

Con la luz del sol entrando por el balcón, la transparente bata revelaba el triángulo oscuro entre sus piernas y había tenido que hacer un esfuerzo sobrehumano para no tirarla sobre la cama y enterrarse en ella como cuando hacían las paces...

Y hacían las paces muy a menudo porque el tiempo que pasaba fuera de su casa siempre era tema de discusión entre ellos. Pero siempre acababan arreglándolo. Lo que no entendía era qué había pasado la última vez. ¿Por qué había tirado Carmen la toalla? Ella sabía que estaba dedicado a su trabajo y, como actriz, debería saber lo que suponía eso. Que pidiera el divorcio lo había pillado absolutamente por sorpresa.

Y sólo porque no había podido reunirse con ella en España. Había sido una semana endemoniada ya que uno de los rodajes no iba como estaba previsto. Wayne Reddick, el mayor inversor en la película que estaban produciendo en ese momento, había aparecido de repente en el rodaje. Wayne y él habían discutido muchas veces y su visita sorpresa lo había obligado a cancelar el viaje. El destino de la película, cuyo rodaje ya iba retrasado, estaba en juego y le había costado mucho convencerlo para que siguiera financiándolos. Había llamado a Carmen para explicarle la situación, pero ella no contestaba al teléfono y, unas semanas después, recibió la solicitud de divorcio.

Matthew apretó el volante, pensando que tal vez estaba llevando mal la situación. Carmen parecía decidida a quedarse en los Hampton, de modo que tal vez debería dejarla. Así podría vengarse por lo que le había hecho sufrir.

Miró su reloj y, con una sonrisa en los labios, arrancó de nuevo. Debía convencerla de que no le importaba que se quedase sin que sospechara de sus motivos.

Había sido actor antes de convertirse en director y productor, de modo que no sería tan difícil. La seduciría y después le pediría que se marchase. Incluso cambiaría las cerraduras si era necesario.

Cuanto más lo pensaba, más le gustaba la idea. Y creía saber cómo conseguirlo. Sí, él sabía cómo seducir a su mujer.

Capítulo Cuatro

–Veo que sigues aquí.

Carmen apretó los labios antes de darse la vuelta. Matthew había dicho que iba a ver el partido de polo, de modo que no lo había esperado tan pronto. Pero al menos había tenido tiempo de vestirse y empezar a preparar la cena.

–Ya te dije que pensaba quedarme. Me merezco unas vacaciones, de modo que puedes hacer dos cosas.

–¿Qué cosas?

–Puedes llamar a la policía para que me detengan, lo cual sería de gran interés para la prensa, o puedes dejar que me quede. Esta casa es lo bastante grande como para que podamos compartirla.

Carmen estudió su expresión para intentar averiguar cuál de las dos opciones prefería.

–La segunda provocaría tantas habladurías como la primera –dijo Matthew.

En eso tenía razón. Desde que le dio las gracias públicamente cuando recibió el Oscar, las revistas insistían en la posibilidad de una reconciliación y los paparazzi los perseguían, decididos a descubrir si los rumores eran ciertos. Y a su representante se le había ocurrido la brillante idea de hacer las cosas aún más interesantes incluyendo a Bruno.

–Seguro que Candy lo entenderá –dijo Carmen, irónica. Por supuesto, no lo entendería, pero le importaba un bledo. Candy llevaba años detrás de Matthew y no había perdido el tiempo al saber que estaba divorciado.

–¿Y Bruno qué? –le preguntó él–. ¿Es un hombre comprensivo?

Sabía que quería intimidarla con esa mirada ardiente, pero a Carmen no le hizo gracia la punzada de deseo que provocó. Ni los recuerdos que evocaba. En resumen, Matthew Birmingham podía hacerla sentir como ningún otro hombre.

–Debe ser algo serio si tienes que pensártelo tanto.

Carmen parpadeó al darse cuenta de que esperaba una respuesta mientras ella estaba pensando que su ex marido aún podía dejarla sin respiración.

–Sí, es muy comprensivo –dijo por fin.

Dejaría que se preguntase qué decía eso sobre la seriedad de su relación. Aunque no había tal relación.

Carmen se volvió para mirar los panecillos que había metido en el horno y, por el rabillo del ojo, vio que Matthew tragaba saliva.

Siempre le había gustado cómo le quedaban los vaqueros y, al inclinarse para abrir la puerta del horno, le ofrecía una panorámica perfecta. Sonrió al notar que contenía el aliento. Pobrecito, pensó, aún no había visto nada.

–Si decido dejar que te quedes –dijo Matthew entonces, tendremos que establecer ciertas reglas.

Carmen se dio la vuelta, levantando una ceja.

–¿Qué reglas?

–Bruno no es bienvenido aquí.

Muy bien, ella no tenía la menor intención de invitarlo.

–¿Y qué pasa con Candy? ¿Me respetarás como ex esposa y le pedirás que no venga?

Le molestó que Matthew tuviera que pensarse la respuesta.

–Imagino que podremos reorganizar nuestros planes.

Esa respuesta significaba dos cosas: que había pensado llevar a Candy allí y que se acostaba con la modelo. Lo último no debería sorprenderla ya que ella sabía mejor que nadie cuánto disfrutaba Matthew haciendo el amor. Algo que tenían en común.

–¿Eso significa que puedo quedarme?

–Parece que estás empeñada en hacerlo y cuanto menos sepan los periodistas sobre nosotros, mejor para todos.

–¿Te preocupa la prensa? ¿A ti? ¿A la persona que me ha besado en una carpa llena de gente, incluyendo Ardella Rowe?

–Como he dicho antes, tú me besaste primero –replicó Matthew, señalando el horno–. ¿Qué estabas haciendo?

–Algo sencillo.

–No sabía que supieras cocinar –el brillo burlón en sus ojos la hizo sonreír. Matthew no sonreía a menudo pero cuando lo hacía era contagioso… y muy sexy.

–Empecé a cocinar cuando Rachel Ray me llevó a su programa. Incluso hice un par de pruebas para ti, esperando que llegaras a casa a la hora de cenar. Como no lo hiciste, tiré la comida a la basura.

Matthew la miraba como si estuviera intentando decidir si hablaba en serio o en broma.

–Vamos a establecer otra regla: no hablar del pasado. Fuiste tú quien quiso romper la relación y yo prefiero no…

–No fui yo quien rompió la relación –lo interrumpió ella–. Tú me reemplazaste.

–¿De qué estás hablando? Yo nunca te fui infiel.

–No, pero había una amante: tu trabajo. Y el trabajo era tan atractivo para ti como podría haberlo sido otra mujer. Yo no podía competir y, al final, dejé de intentarlo siquiera.

Matthew arrugó el ceño.

–No quiero oír nada de eso. Ya lo he oído antes.

Lo había oído, pero no la había escuchado.

–Me parece muy bien porque yo estoy harta de decirlo.

–No tienes que seguir diciéndolo, ya estamos divorciados.

–Gracias por recordármelo.

Los dos se quedaron en silencio entonces, el ambiente cargado de tensión. Carmen sabía que Matthew la sentía tanto como ella y no le sorprendió que intentase suavizarla.

–Bueno, dime qué estabas haciendo.

–Chuletas de cerdo con verduras y arroz.

–¿Tú has hecho todo eso?

–Y he hecho más que suficiente, así que estás invitado. Más tarde nos repartiremos el dormitorio.

–¿Cómo?

–Echaremos una moneda al aire para ver quién duerme en el dormitorio principal y quién tiene que conformarse con una de las habitaciones de invitados.

Matthew se encogió de hombros.

–No hace falta, no me importa dormir en cualquier habitación. Voy a lavarme las manos.

Carmen lo vio salir de la cocina pensando que, aunque la venganza podría ser dulce, debía ir con cuidado porque resultaba muy fácil recordar cómo eran las cosas entre ellos cuando estaban juntos, dentro y fuera de la cama. Pero, por alguna razón, recordaba más cómo eran en la cama. A Matthew le resultaba muy fácil excitarla, incluso cuando estaban enfadados.

Y, de repente, se sintió insegura. Era demasiado tarde para preguntarse qué lo había poseído para quedarse y lo único que sabía era que no pensaba salir derrotada.

–No he tenido la oportunidad de darte las gracias por mencionarme en tu discurso cuando recogiste el Oscar –dijo Matthew, al otro lado de la mesa–. No tenías por qué hacerlo.

No había esperado que le diese las gracias. Considerando cómo habían ido las cosas durante el divorcio, pensó que su nombre sería el último que Carmen pronunciase esa noche. Había sido una sorpresa, pero ella siempre lo sorprendía. Como unos minutos antes, cuando volvió a la cocina y descubrió que había puesto la mesa para dos.

–Era mi obligación. Da igual cómo terminase nuestro matrimonio, la verdad es que no hubiera conseguido ese papel de no ser por ti. Tú me hiciste creer que podía interpretarlo.

Matthew no dijo nada. Él sabía que podía hacerlo y junto con Bella Hudson-Garrison, la protagonista, Carmen había hecho una interpretación estelar. Y ambas consiguieron un Oscar.

Había llegado solo al teatro Kodak, sorprendiendo a muchos al no llevar una mujer del brazo. Su representante había intentado convencerlo para que fuese con alguien, ya que seguramente Carmen no iría sola, pero Matthew decidió no hacerle caso. Y cuando vio que Carmen tampoco iba con nadie se alegró, aunque intentó convencerse a sí mismo de que no le importaba.

Estaba amargado esa noche, sabiendo que Carmen debería haber recorrido la alfombra roja de su brazo. Y estaba radiante, más bella que nunca, con un vestido fabuloso. Pero esa noche, dejando a un lado su amargura, rezó para que se llevara el Oscar que tanto merecía. Y cuando generosamente le dio las gracias por darle el papel, las cámaras se habían vuelto hacia él para observar su reacción. Por fuera parecía absolutamente tranquilo, pero por dentro se había sentido más agradecido que nunca.

—Bueno, Matthew, ¿qué vas a hacer en Nueva York?

Él carraspeó, percatándose de que estaba mirándola como un tonto. Nervioso, tomó la copa de vino e intentó concentrarse.

—Ya sabes que, aunque me encanta hacer cine, siempre ha sido mi sueño hacer un documental.

—Sí, claro.

Carmen lo sabía porque habían hablado de ello a menudo.

—Nueva York va a celebrar el ciento veinticinco aniversario de la Estatua de la Libertad y el alcalde está buscando un documentalista que filme el evento. El último gran documental sobre el tema lo hizo Ken Burns en 1986 y recibió una nominación al Oscar.

–Sí, eso fue hace algún tiempo.

–Alguien dio mi nombre al comité y me he reunido con ellos en varias ocasiones durante los últimos meses para presentar mi proyecto. Pues bien, ayer supe que me habían elegido a mí. Me han pedido que contrate al equipo técnico en Nueva York y me parece bien, de modo que tengo que estar allí durante la preproducción. Quiero conocer a la gente y que ellos me conozcan a mí.

Carmen lo entendía perfectamente. Matthew era un gran director, totalmente dedicado al proyecto en el que estuviera involucrado y esperaba que su equipo lo estuviera también. Habían trabajado juntos en dos ocasiones y en las dos lo había sorprendido su extraordinaria capacidad de trabajo.

Y se alegraba por él. De hecho, se alegraba mucho porque sabía cuánto deseaba hacer un documental. Había trabajado más que nadie para demostrar su valía en la industria; de hecho ésa era la razón por la que en aquel momento ya no eran marido y mujer.

–Enhorabuena. Me alegro mucho por ti, de verdad –le dijo, levantándose para llevar su plato al fregadero.

–Gracias –murmuró él, echándose hacia atrás en la silla para observarla moviéndose por la cocina, con más gracia que ninguna otra mujer. Su forma de caminar era tan sexy que podría excitar a cualquier hombre… especialmente a él.

Le sorprendió entonces comprobar cuánto echaba de menos verla a diario, estar con ella. La última vez que se vieron fue en el juzgado, delante de un juez, para disolver su matrimonio, con los abogados de cada parte peleándose amargamente.

–¿Entonces estás decidida a pasar aquí el verano? –le preguntó Carmen, cruzando los brazos sobre el pecho.

Matthew sonrió, preguntándose qué haría si supiera que prácticamente estaba desnudándola con la mirada y pensando en las cosas que le gustaría hacerle…

–Sí.

–¿Trabajando?

–Básicamente.

–Y eso significa que no te veré a menudo.

Matthew intentó disimular una mueca de contrariedad. Carmen sabía qué decir para hacerle daño, desde luego. Parecía estar diciendo que nunca le había prestado suficiente atención.

Pues bien, eso estaba a punto de cambiar. Su misión era seducirla y luego echarla de allí.

–Tal vez sí o tal vez no. Muchos días trabajaré en casa.

Carmen se encogió de hombros.

–Da igual. El trabajo es lo más importante para ti. De hecho, es en lo único que piensas.

Matthew podría decirle que no era verdad porque en aquel momento estaba pensando en cuánto le gustaría hacerle el amor.

–Si eso es lo que quieres creer…

–Eso es lo que sé –dijo ella, riendo–. Y ahora, si no te importa, creo que me voy a la cama.

–¿A la cama? ¿No te parece un poco temprano? Aún no se ha puesto el sol.

Carmen levantó una ceja.

—¿Y qué?

¿Y qué? No iba a poder seducirla si escapaba a su habitación.

—Aún hay tiempo para hacer cosas esta noche.

—Estoy de acuerdo. Y, por eso, después de ponerme el pijama pienso sentarme en el balcón del dormitorio para leer un buen libro y ver la puesta de sol. Incluso podría nadar un rato esta noche. Pero no te preocupes por mí, no voy a molestarte. Como he dicho antes, esta casa es suficientemente grande para los dos —Carmen se despidió con un gesto—. Hasta mañana.

Después de decir eso salió de la cocina y Matthew se quedó mirándola, admirando su cuerpo y recordando su piel, más decidido que nunca a llevarla a su cama.

Capítulo Cinco

Carmen se acurrucó en la tumbona del balcón. Si quería seducir a Matthew, lo último que debía hacer era parecer demasiado accesible, demasiado ansiosa de estar con él. Por eso había decidido subir a su habitación antes de ir a la piscina.

La suave brisa que llegaba del mar le recordó una noche que hicieron el amor, el año que Matthew compró la casa en los Hampton. A ella le preocupaba que los vecinos pudiesen verlos, pero él le aseguró que era imposible porque los muros eran demasiado altos.

Carmen miró el libro que había dejado sobre la mesa, una novela romántica en la que llevaba un par de días intentando concentrarse… sin conseguirlo. No porque no fuese una buena novela, sino porque le resultaba difícil leer una fabulosa historia de amor cuando la suya iba tan mal.

En lugar de seguir con el libro decidió cerrar los ojos y conjurar su propia historia de amor, con Matthew y ella como protagonistas. Su relación había sido muy romántica al principio, especialmente el primer año, cuando Matthew no quería apartarse de ella ni un segundo y pasaban la mayor parte del tiempo en la cama. La emocionaba como ningún otro hombre y en cierto modo estaba convencida de que ningún otro podría hacerlo nunca.

Desde el día que se conocieron había habido algo entre ellos, algo instintivo, primitivo. Incluso le sorprendió ser capaz de leer su papel durante la prueba para la película. Aquel día, por primera vez en su vida, había descubierto lo que era desear a un hombre.

Había conseguido el papel porque Matthew había visto algo en ella y, aunque la tentación de convertirse en su amante era grande, decidió que su relación sería exclusivamente profesional durante el rodaje de la película.

Pero empezaron a salir juntos en cuanto terminó el rodaje. Matthew la había llevado a su restaurante favorito, una simple cafetería donde servían unas hamburguesas estupendas, y esa noche su destino quedó sellado. Salieron juntos durante seis meses y en Navidad le pidió que se casara con él.

Los medios de comunicación se habían hecho eco de la relación porque Matthew era un solterón empedernido que había jurado no casarse nunca y ella era la chica que le había robado el corazón. Incluso llegaron a decir que su matrimonio tenía más posibilidades de éxito que cualquier otro en Hollywood.

Pero se habían equivocado.

Casi cinco años después allí estaban, como tantas otras parejas de Hollywood, divorciados y culpándose el uno al otro por lo que había pasado.

Carmen respiró profundamente. No quería pensar en la soledad y la pena que la habían envuelto cuando decidió romper con él. Aunque para entonces ya tenía éxito como actriz, como mujer se sentía fracasada al no haber podido competir con un marido adicto al trabajo.

Y había perdido algo más que un marido, pensó entonces. También había perdido el hijo que esperaban. Si el embarazo hubiera seguido adelante, su hijo o hija tendría ahora cuatro meses…

Carmen tuvo que parpadear para contener las lágrimas. Ella quería recordar las cosas buenas de su matrimonio, lo bien que se llevaban al principio, cuánto reían juntos, cómo respondía a sus caricias… y esa mirada de Matthew cuando quería hacer el amor.

Había visto ese mismo brillo en sus ojos durante la cena y su cuerpo había respondido como siempre. Habría sido tan fácil sentarse sobre sus rodillas y enterrar la cara en su pecho, esperando que la besara. Y los besos de Matthew eran increíbles.

Tenía la satisfacción de saber que la deseaba, aunque era lo bastante adulta como para admitir que también ella lo deseaba. Pero lo que debía hacer era excitarlo mientras contenía su propio deseo. Ése era su plan y no pensaba caer en su propia trampa.

Pero no había nada malo en dejarse llevar por los recuerdos mientras estaba en una tumbona, la brisa del mar acariciando su piel. Los recuerdos eran más seguros que la realidad. Con los ojos cerrados, recordó la noche que Matthew y ella habían salido al balcón, desnudos y excitados, con una sola cosa en mente.

Volvían de un partido de polo y apenas tuvieron tiempo de llegar al dormitorio, quitándose la ropa por la escalera. Matthew la había tomado en brazos para llevarla al balcón y aún recordaba cómo latía su corazón entonces… como en aquel mismo instante, al recordarlo.

–¿Carmen? He llamado a la puerta, pero no contestabas.

Carmen se encontró con un par de ojos oscuros y sensuales. Sus labios estaban tan cerca que sólo habría tenido que levantar un poco la cabeza para besarlo… y ese olor suyo, tan particular, tan único, era como un asalto letal a sus sentidos.

Nerviosa, apretó los labios y cerró las piernas, intentando contener la oleada de deseo.

–¿Qué haces aquí? –le preguntó, con voz ronca.

–He llamado varias veces, pero no contestabas.

Carmen se incorporó, obligándolo a apartarse un poco.

–¿Y por qué estabas llamando a la puerta de mi dormitorio cuando te he dicho que estaría aquí, en el balcón?

–Porque necesito mis cosas. Pensé que podría sacarlas del armario sin molestarte, pero…

–¿Pero qué?

Matthew sonrió.

–Te he oído pronunciar mi nombre en sueños.

Carmen intentó no mostrar emoción alguna mientras se levantaba de la tumbona. No sabía qué decir, de modo que no dijo nada.

¿De qué serviría negarlo? Era más que posible que hubiera pronunciado su nombre porque estaba pensando en él.

–Saca tus cosas del armario –le dijo, apoyándose en la barandilla para mirar el mar.

A saber qué estaría pensando en ese momento, seguramente estaría buscando la manera de meterse en su cama.

Giró un poco la cabeza y, de inmediato, sus pezones se endurecieron al notar cómo la miraba. Se había puesto un vestido de algodón sin tirantes que se ajustaba a su trasero… y ella sabía muy bien cuánto le gustaba a Matthew esa parte de su anatomía.

También solía decirle cumplidos sobre sus piernas y en aquel momento estaba mirándola de arriba abajo, concentrándose en la zona intermedia. Y no hacía el menor esfuerzo por disimular su interés.

–¿Algún problema?

Matthew la miró y, al reconocer el brillo de sus ojos, Carmen sintió que su cuerpo sucumbía sin su consentimiento.

–Ningún problema si tú no lo tienes –replicó él.

–No lo tengo –dijo ella, volviéndose de nuevo–. Seguro que no necesitas mi ayuda para hacer la maleta.

Demasiado tarde se dio cuenta de que había dicho la frase equivocada. La misma frase que pronunció el día que Matthew se marchó de su casa en Malibú.

–Tienes razón, no necesité tu ayuda entonces y no la necesito ahora.

Capítulo Seis

Mientras Matthew sacaba sus cosas de la cómoda tenía que recordarse a sí mismo que había una razón por la que aún no había echado de allí a su ex mujer.

La había encontrado en la tumbona, con los ojos cerrados, murmurando su nombre en sueños y con un vestido que apenas ocultaba sus curvas.

Ver su expresión apacible le había encogido el corazón… mientras que el vestido y esas piernas fabulosas habían tenido el efecto contrario en otra parte de su anatomía.

Había sentido la tentación irresistible de besarla y cuando Carmen abrió los ojos en ellos vio un brillo de deseo que conocía bien. Pero después había estropeado el momento recordándole que ya no eran marido y mujer y no iban a compartir dormitorio.

Claro que eso no iba a durar mucho tiempo.

Estaba deseando recordarle lo que se había perdido durante el último año. Y, si seguía murmurando su nombre en sueños, se habían perdido algo.

Mientras sacaba calzoncillos y calcetines de los cajones miró hacia el balcón, donde ella estaba de espaldas, mirando el mar.

La había amado y la había perdido, pensó, con

el corazón encogido. Y lo último no debería haber ocurrido nunca. Carmen debería haberse quedado con él, cumpliendo las promesas que le hizo el día que se casaron. Pero no había sido así.

Matthew cerró el último cajón, decidido a poner en marcha su plan.

Carmen sintió la presencia de Matthew incluso antes de que hiciese ruido alguno. Siempre era igual; sentía su presencia antes de verlo, como le había ocurrido por la tarde, en la carpa.

Mordiéndose los labios, apretó la barandilla, intentando controlar los latidos de su corazón. Pero Matthew no decía nada y cuando no pudo soportar el silencio se dio la vuelta.

El sol se había puesto y podía ver una lámpara encendida en la habitación, pero estaba concentrada en él. Sus ojos se habían oscurecido y no pudo dejar de recordar las veces que la había tomado entre sus brazos para hacerle el amor.

Matthew era un amante explosivo que siempre la hacía disfrutar y temblaba al recordarlo besando todo su cuerpo, excitándola como nadie. Su plan había sido hacer que perdiese la cabeza, pero la avergonzaba admitir que a ella le estaba ocurriendo lo mismo.

–¿Has terminado?

–Sí, claro. He venido a darte las buenas noches.

El sonido ronco de su voz la hizo sentir un escalofrío y apartó la mirada, intentando buscar algo que decir, cualquier cosa, pero no se le ocurría nada.

–Gracias por dejar que me quede, ya sabes cuánto me gusta este sitio. Considerando los términos del divorcio, no tenías por qué hacerlo.

–Era lo más lógico –dijo él–. Como mínimo deberíamos ser amigos. Yo no quiero ser tu enemigo, Carmen.

Esas palabras hicieron que se derritiera por dentro, pero tuvo que recordarse a sí misma que quería vengarse por tantas noches de soledad, por tantos días esperándolo, porque cuando más lo había necesitado Matthew no estaba allí.

–¿Qué estás pensando, Carmen?

–Nada.

–Entonces tal vez debería darte algo en lo que pensar –dijo Matthew, antes de apoderarse de su boca.

Ella sabía que iba a besarla y debería haberse resistido, pero habría sido una pérdida de tiempo porque se derretía cuando la tocaba. Y cuando notó el roce de su lengua dejó escapar un gemido.

No sabía cuánto lo echaba de menos hasta aquel momento. Había intentado olvidarlo centrándose en el trabajo para no pensar en su soledad, en la falta de pasión en su vida.

«Echo de menos estar con el hombre que me hace sentir como una mujer».

Matthew seguía besándola y cuando tiró de ella para que notase la dureza de su erección, sin darse cuenta se apretó más contra él.

A pesar de los besos que habían compartido en el pasado, Carmen no estaba preparada para aquello. No había esperado aquel deseo salvaje, no sólo en ella, sino en Matthew también. Lo notaba en las caricias de su lengua, en la presión de sus manos, como si intentase reclamar lo que una vez había sido suyo.

Notaba la fuerza de su deseo a través del vestido y ese roce electrizante le recordaba cómo se convertían en uno solo estando en la cama, de pie o sobre una mesa. Siempre hacían el amor con una intensidad que los dejaba temblando.

Todo a su alrededor empezó a dar vueltas y tuvo que hacer un esfuerzo para no suplicarle que siguiera. Pero nada podía detener el placer de aquel ardiente y posesivo beso. Carmen cerró los ojos, disfrutando de las sensaciones, y cuando Matthew tiró de su labio inferior con los dientes sintió que perdía la cabeza. Era un beso tan apasionado, tan hambriento, tan posesivo que sintió que estaba a punto de llegar al orgasmo...

–Cariño, déjate ir –murmuró Matthew–. Eres tan preciosa cuando pierdes la cabeza... echo de menos verte así.

Y ella echaba de menos sentirlo, pensó, mientras abría los ojos, volviendo a la tierra cuando los espasmos del orgasmo terminaron.

–Matthew...

Su nombre no fue más que un suspiro pero, como si entendiera lo que quería, Matthew se inclinó hacia delante para besarla de nuevo, con ternura pero también con un ansia que no podía disimular.

–Buenas noches, Carmen –dijo luego, poniendo un dedo sobre sus labios–. Que duermas bien.

Y ella lo vio salir del balcón pensando que esa noche sus sueños serían más dulces de lo que lo habían sido en mucho tiempo. Debía admitir que no era así como había querido que fueran las cosas, pero no había sido capaz de evitarlo.

Se puso colorada al recordar que había tenido un orgasmo con un simple beso; un orgasmo que la había dejado completamente saciada. Evidentemente, la química entre ellos seguía siendo tan explosiva como siempre.

Mientras se apoyaba en la barandilla del balcón se dio cuenta de que, a pesar de lo que había ocurrido, tenía que seguir adelante con su plan. Todo el mundo podía perder la cabeza al menos una vez, pero lo importante era volver al camino recto. Y estaba segura de que después de una noche de sueño volvería a controlar sus sentidos de nuevo.

Capítulo Siete

Matthew entró en el cuarto de baño y se quitó la camisa. Tenía que darse una ducha fría cuanto antes porque recordar lo que había pasado en el balcón estaba a punto de hacerlo perder la cabeza. Mientras la besaba había sentido un deseo urgente, crudo, casi insoportable.

En cuanto sus labios rozaron los de Carmen, la familiaridad de esa caricia había hecho que la besara con un frencsí desconocido. Y oírla gemir de ese modo casi había hecho que perdiese el control.

Después del divorcio no tardó mucho en darse cuenta de que Carmen era la única mujer para él. Cada vez que la besaba, cada vez que le hacía el amor se sentía el amo del mundo, un hombre que podía conseguir todo lo que quisiera. Se había esforzado mucho para hacerla feliz pero, al final, su trabajo sólo había conseguido entristecerla.

Matthew se quitó la ropa, con una frustración a la que ya estaba acostumbrado y un deseo que intentaba ignorar. Pero cuando el agua fría golpeó su cuerpo supo que estaba recibiendo lo que merecía por dejar pasar una oportunidad así.

Pero, por mucho que lo atormentase, estaba decidido a seguir adelante con su plan y por el momento parecía estar funcionando.

El plan era obligar a Carmen a recordar lo felices que habían sido juntos y entonces, cuando ella se rindiera, en lugar de llevarla a la cama le enseñaría la puerta.

Cuando salió de la ducha sonó su móvil y, envolviéndose una toalla a la cintura, Matthew tomó el teléfono y miró la pantalla. Era Ryan Manning, su representante.

–Dime, Ryan.

–Podrías haberme contado que Carmen y tú estabais juntos otra vez.

Matthew arrugó el ceño.

–No estamos juntos.

–¿Y cómo explicas que *Wagging Tongue* vaya a publicar mañana una fotografía de los dos besándoos?

–¿Y tú cómo lo sabes?

–Afortunadamente, tengo un contacto en Siete Robles y me ha llamado para avisarme. Piensan publicarla en la portada, diciendo que os habéis reconciliado definitivamente.

Matthew levantó los ojos al cielo. *Wagging Tongue* era una de las peores revistas del corazón, famosa por inventar escándalos entre los famosos.

–Carmen y yo estamos divorciados y no ha cambiado nada.

–¿Entonces ese beso?

–Sólo era un beso, Ryan. La gente puede pensar lo que quiera.

–¿Y Candy?

–¿Qué pasa con Candy?

–¿Qué va a pensar ella?

Matthew respiró profundamente antes de contestar:

–Tú mejor que nadie sabes que entre Candy y yo no hay absolutamente nada.

–Pero el público no lo sabe y ese artículo la hará parecer una amante descartada.

Él no tenía el menor deseo de hablar con Ryan sobre su vida amorosa. Además, su representante sabía la verdad porque había sido idea suya: Candy estaba intentando hacerse un nombre en Hollywood y Matthew había aceptado acompañarla de vez en cuando, pero sólo porque estaba harto de quedarse en casa pensando en Carmen cuando no tenía que trabajar. Ryan y el representante de Candy habían pensado que sería buena publicidad y, aunque él sabía que le darían más importancia de la que tenía, entonces no le había importado.

–¿Y dónde está Carmen ahora?

–En la cama –respondió Matthew, sin poder evitar una sonrisa al imaginar lo que pensaría Ryan.

–Maldita sea, espero que sepas lo que estás haciendo. Cuando Carmen pidió el divorcio te rompió el corazón…

–Mira, sé que lo haces con buena intención, pero esto es entre Carmen y yo.

–¿Y qué le digo a los periodistas cuando me llamen?

–Diles que no tenemos nada que decir. Buenas noches, Ryan.

Matthew dejó escapar un suspiro de alivio después de cortar la comunicación. Ryan podía ser muy pesado a veces, especialmente cuando se refería a la imagen de sus clientes. Pero entendía su preocupación. El divorcio lo había dejado destrozado, pero eso fue entonces. Ahora podía controlar la situación.

El orgullo y el instinto de supervivencia evitarían que volviera a caer bajo su hechizo. Además, se sentía satisfecho al pensar que aunque había conseguido que su ex mujer llegara al orgasmo, se iría a la cama deseando más. No tenía la menor duda.

Sí, aquella venganza estaba siendo muy dulce.

A la mañana siguiente, Carmen estaba a punto de levantarse cuando sonó su móvil y, suspirando, tomó el teléfono mientras miraba hacia el balcón.

–¿Sí?

–Chica, me alegro mucho por ti. Cuando he visto la fotografía casi me pongo a llorar.

Carmen reconoció la voz de su amiga Rachel Wellesley, una maquilladora a la que había conocido en el rodaje de su primera película y cuya amistad la había ayudado a soportar muchos malos ratos.

Pero sabía a lo que se refería y decidió pararla antes de que siguiera. La pobre Rachel seguramente rezaba cada noche para que volviera con Matthew porque siempre los había creído la pareja perfecta, pero estaba equivocada.

–Ahórrate las lágrimas porque no es verdad. Digan lo que digan las revistas, Matthew y yo no nos hemos reconciliado.

Al otro lado de la línea hubo un silencio.

–Pero en la foto de *Wagging Tongue* estáis besándoos –insistió Rachel, sin poder disimular su decepción–. Y no te atrevas a decir que es una foto falsa.

–No, no lo es, aunque me gustaría que lo fuera. Ayer me encontré con Ardella Rowe en el partido de polo y cuando estaba hablando con ella apareció Matthew. Para disimular le di un beso en la mejilla, pero él decidió aprovechar la situación y me dio un beso en los labios, eso es todo.

–Pues parece un beso muy apasionado.

Lo había sido. Pero nada comparado con el que habían compartido por la noche en el balcón.

Carmen sintió que le ardía la cara al preguntarse qué habría pensado Matthew al ver que llegaba al orgasmo con un beso.

–Sólo lo hizo para molestarme.

–Deberías hablar con él, cielo. Deberías contarle lo del niño. Ya sabes lo que pienso sobre eso.

Carmen respiró profundamente. Rachel era una de las pocas personas que sabían lo que había ocurrido esa noche, en Barcelona. Cuando descubrió que estaba embarazada se llevó tal alegría que quiso compartirla con alguien de inmediato y la elegida fue Rachel. Y a su amiga se le había ocurrido la idea de hacer un vídeo sorpresa para contarle a Matthew que iban a tener un hijo.

Carmen lo tenía todo planeado: cuando su marido llegase a Barcelona sugeriría ver unas cintas de posibles proyectos que le había enviado su representante y le pondría el vídeo del primer ultrasonido, aunque el bebé no era más que una manchita blanca en un mar de oscuridad.

Pero las cosas no habían salido como ella esperaba.

–Sí, ya sé lo que piensas sobre eso, pero Matthew debería haber estado conmigo –le dijo, sabiendo que Rachel intentaría hacerle ver el asunto desde el punto de vista de su marido–. Perdóname, cielo, pero ahora tengo que colgar. Te llamo más tarde, ¿de acuerdo?

–Sí, claro. ¿Y dónde está Matthew, por cierto?

–No tengo ni idea. Hemos pasado la noche en casa…

–¿Qué?

–Pero en diferentes habitaciones. Y, conociéndolo, seguro que ya se habrá ido. Tiene un proyecto en Nueva York, así que ya estará trabajando.

–¿Vais a estar juntos todo el verano?

Rachel se estaba haciendo ilusiones y ella sabía que sería una pérdida de tiempo intentar convencerla.

Pero la habitación de Matthew estaba al otro lado del pasillo y, conociéndolo, seguramente no se cruzarían más de un par de veces.

–La casa es lo bastante grande como para que no tengamos que vernos.

Después de colgar, Carmen fue a darse una ducha con intención de bajar a la piscina.

Aunque las cosas habían empezado de una manera extraña con Matthew, gracias a él había dormido como un bebé. Un orgasmo de Matthew Birmingham no fallaba nunca. Cada vez que volvía a casa después de un largo día de rodaje, él le hacía el amor para calmar sus nervios…

Y ahora que había despertado su deseo, quería más. Era como si de repente hubiera desarrollado una adicción por sus caricias. Unas caricias sin las que había pasado durante todo un año, pero que en aquel momento necesitaba más que nunca.

Al pensar eso sintió un familiar pellizco en el estómago. Ahora que su cuerpo había reconocido la familiaridad de sus caricias, parecía tener mente propia.

Carmen arrugó el ceño mientras se quitaba el camisón, preguntándose si Matt lo habría hecho a propósito. No le sorprendería nada que así fuera. Él mejor que nadie sabía cómo reaccionaba ante sus caricias.

Sí, muy bien, debía admitir que le había ganado aquel asalto, pero estaba decidida a no bajar la guardia de nuevo.

Capítulo Ocho

–Pensé que te habrías ido a Nueva York.

Matthew levantó la mirada y estuvo a punto de atragantarse. Carmen llevaba un biquini diminuto y un pareo atado a la cintura que dejaba al descubierto sus fabulosas piernas, el pelo sujeto sobre la cabeza en un moño alto.

E incluso a esa distancia le llegaba su perfume.

Le molestó que aún pudiera ponerlo tan nervioso, pero la noche anterior había dejado claro cómo estaban las cosas entre ellos. Por supuesto, el sexo nunca había sido un problema; el problema había sido que Carmen no quería creer que era lo más importante en su vida.

Lo que más le dolía era que no le hubiera dado una oportunidad de solucionarlo. En cuanto los medios de comunicación supieron que se habían separado empezaron a publicar cosas que no eran ciertas y que habían dificultado aún más una posible reconciliación… pero mirándola ahora casi no podía recordar qué problemas tenían. Carmen era la mujer más bella y más deseable que había visto en toda su vida.

Pero siguió desayunando como si no pasara nada. Era eso o hacer alguna estupidez como levantarse para tomarla entre sus brazos y besarla hasta que los dos se quedaran sin aliento.

–Pensé que ya estarías en Manhattan –insistió Carmen.

Suspirando, Matthew levantó su taza.

–Siento decepcionarte, pero pienso hacer gran parte del trabajo aquí.

–Ah –murmuró ella, sirviéndose una taza de café.

–¿Vas a la playa?

¿Por qué tenía que estar tan sexy por la mañana?, se preguntó. Pero Carmen siempre había sido así, le gustaba estar guapa a todas horas. Y a él le gustaba despertarla, borrar las sombras del sueño de sus ojos mientras le hacía el amor…

–Sí, eso pensaba hacer. Pero antes voy a darme un baño en la piscina –contestó Carmen, tomando un sorbo de café–. Sigues haciendo un café estupendo.

Matthew sonrió mientras se levantaba de la silla.

–Y no es lo único que hago bien.

Carmen tragó saliva, con el corazón acelerado cuando Matthew se acercó, un metro noventa de hombre atlético y peligroso. Y pensó lo mismo que había pensado el día que lo conoció: Matthew Birmingham sería capaz de excitar a cualquier mujer.

«Concéntrate, Carmen, concéntrate. Tienes que recuperar el control».

–¿Te ha llamado ya Candy Sumlar?

–¿Por qué debería llamarme?

Ella se encogió de hombros.

–Ha salido una fotografía nuestra en la portada de *Wagging Tongue.*

Matthew se volvió para mirarla después de dejar su taza en el fregadero.

–Sí, supongo que eso podría ser un problema.

–¿Entonces por qué me besaste ayer, en la carpa?

–Porque quería hacerlo.

Sus palabras no contenían la menor disculpa y Carmen sintió que se le encogía el estómago. Estaba como hipnotizada por sus ojos, esos extraordinarios ojos oscuros que podían dejar a cualquier mujer sin aliento.

–Hacer las cosas sin pensar puede causarte muchos problemas.

–¿Y quién ha dicho que no lo había pensado?

Carmen se quedó callada. ¿Estaba insinuando que la había besado sabiendo lo que hacía? ¿Que la habría besado aunque ella no le hubiera dado un beso en la mejilla? ¿Aquello era un juego para él?

Matthew estaba mirándola en ese momento con descarada admiración y eso hizo que sus pezones se levantasen por voluntad propia, rozando la tela del biquini. Pero eso era lo que quería, que la mirase y la desease, ¿no? Si estaba jugando, ella le demostraría que también podía jugar.

De modo que se acercó a la mesa, moviendo intencionadamente las caderas.

–Hay magdalenas y bollos en la despensa, si te apetece –dijo Matthew.

–Gracias, no me apetece nada.

–Mañana hay otro partido de polo. ¿Piensas ir?

–Sí, creo que sí.

Sabía por qué lo preguntaba. Al día siguiente mucha gente habría leído el artículo de la revista y habría todo tipo de especulaciones. La cuestión era cómo iban a manejarlas.

–¿Y Bruno? –le preguntó Matthew entonces–. ¿Se enfadará cuando vea ese artículo?

Carmen se obligó a sí misma a sonreír.

–No, porque sabe que no tiene nada de qué preocuparse.

Sabía que el comentario iba a molestarle. Matthew y Bruno habían rivalizado como dos de los más famosos rompecorazones de Hollywood cuando Matthew era actor y nunca habían sido amigos. Incluso ahora apenas se toleraban el uno al otro.

–Me alegro –dijo él, sin embargo–. No me gustaría ser causa de fricción entre vosotros.

–No te preocupes por mí –Carmen se levantó, sin dejar de sonreír–. Me voy a la piscina.

Matthew la vio salir de la cocina, irritado por lo que había dicho sobre Bruno. La idea de que tuvieran una relación seria lo sacaba de quicio. Y al imaginarla entre sus brazos tuvo que apretar los puños para contener su rabia.

Respirando profundamente, se preguntó qué diría Bruno si supiera lo que había pasado por la noche, en el balcón. Aunque no habían hecho el amor, Matthew la conocía lo suficiente como para saber que el orgasmo había sido real y muy potente. De hecho, casi diría que era el primero que tenía en mucho tiempo, de modo que Bruno no parecía cuidar de ella como debería.

Pero la idea de que otro hombre hiciera lo que debería hacer él y sólo él lo sacaba de quicio y, decidiendo que era hora de poner en marcha su plan de seducción, salió de la cocina para ir a cambiarse.

Carmen levantó la mirada al oír pasos, pero cuando vio a Matthew deseó no haberlo hecho porque llevaba un bañador que seguramente sería ilegal llevar en público. Sin darse cuenta, sus ojos se deslizaron por los masculinos pectorales y los marcados abdominales, el bañador delineando claramente los contornos de un hombre muy... masculino.

Carraspeó al notar un cosquilleo entre las piernas y se irguió en la tumbona, deseando no encontrarlo tan atractivo.

Y deseando no amarlo como sabía que lo amaba.

Pensar eso hizo que se levantara de un salto, casi tirando la mesita que había a su lado con las prisas.

–¿Qué haces aquí, Matthew?

–¿Por qué siempre me preguntas eso, como si no tuviera derecho a estar aquí?

–Probablemente porque creo que no deberías estar aquí. Además, no estoy acostumbrada a verte a todas horas.

Matthew no dijo nada, tal vez porque le había sorprendido el dolor que notaba en su voz. Además, tenía razón, llevaban un año sin verse. Y seguramente en los últimos años nunca habían estado juntos más de veinticuatro horas seguidas.

Y, de repente, no podía racionalizar su comportamiento pensando que todas esas horas que pasaba trabajando eran por ella. Porque, al final, no le había dado lo que más necesitaba: su tiempo.

Había echado de menos su presencia, la conexión que habían compartido al principio pero que habían ido perdiendo poco a poco. ¿Cómo podía haberse equivocado tanto sobre lo que Carmen necesitaba? Él había querido que fueran felices, pero no lo eran. Al menos, él no lo era. Y su plan de venganza ya no le parecía tan dulce.

Carmen estaba al borde de la piscina, quitándose el pareo antes de lanzarse al agua de cabeza, y Matthew recordó un tiempo en el que lo único que quería era convertirla en su mujer y tener hijos con ella. La había querido tanto…

«Y aún la quiero».

Esa admisión fue como un puñetazo en el estómago. Nada importaba en ese momento, ni la humillación que sintió cuando pidió el divorcio, ni la rabia y la frustración que había sufrido durante esos meses. Su única certeza era que seguía queriéndola y que, si hubiera alguna posibilidad de reparar el daño, haría las cosas de otra manera. No sabía si Carmen estaba dispuesta, pero había una manera de averiguarlo.

Y esta vez no lo hacía empujado por el deseo de vengarse, sino porque había tomado una determinación: era hora de recuperar a su mujer.

Capítulo Nueve

Cuando Carmen sacó la cabeza del agua vio que Matthew se había lanzado tras ella. Muy bien, hora de salir de la piscina, pensó, nadando hacia la escalerilla.

Sentada sobre un escalón lo observó, nadando a grandes brazadas, meticulosas y bien definidas. Era un excelente nadador, al fin y al cabo había hecho la carrera en UCLA con una beca de natación.

Pero nadaba hacia ella y, antes de que se diera cuenta, la tomó por la cintura.

—¡Matthew! —gritó, agarrándose a su cuello para que no la hundiera.

Claro que eso no debería haberla preocupado porque él no parecía interesado en hundirla, sino en besarla. Al notar el primer roce de su lengua Carmen enredó las piernas en la cintura de su ex marido, sintiendo la fuerza de sus muslos.

Tenía que devolverle el beso, incapaz de resistirse ante la química sexual que había entre ellos. La caricia del agua era cautivadora...

El único problema era que debía ser ella quien lo sedujera y no al revés.

Pero nunca había disfrutado besándolo como lo hacía en aquel momento. Lo había echado tanto de menos. Aunque odiaba admitirlo, estar con él era lo que más deseaba y lo necesitaba tanto como respirar.

Matthew empezó a llevarla hacia los escalones, sin dejar de besarla en ningún momento, el aire fresco acariciando su piel cuando la sacó del agua.

No le preguntó dónde iban, no hacía falta. Se sentía abrumada por el brillo de sus ojos, por la fuerza de su mirada, y cuando la dejó sobre una tumbona alargó los brazos porque no estaba dispuesta a perderlo.

–No pienso ir a ningún sitio –dijo él, acariciando sus húmedos muslos–. Voy a buscar un par de toallas para secarnos.

Sólo se apartó un metro de ella, pero Carmen lo necesitaba desesperadamente. Le pesaba la soledad del año anterior y sintió una punzada de remordimiento, deseando haber hecho las cosas de otra manera.

Había sabido desde el principio que Matthew era un hombre orgulloso y que había tenido que trabajar mucho para llegar donde estaba. Cuando se casaron juró cuidar de ella y, en su opinión, trabajar mucho era la única manera de hacerlo. Y, aunque le había dicho muchas veces que lo único que necesitaba era estar con él, Matthew no parecía capaz de entenderlo. Tal vez porque su infancia lo había marcado para siempre.

Y, a pesar de todo, en ese momento Carmen sentía algo que no había sentido en mucho tiempo: paz, serenidad.

Cuando volvió con las toallas alargó una mano para tocar su cara, trazando sus labios con la punta de un dedo antes de besarlo.

Y cuando se apartó, haciendo un esfuerzo, Matthew la envolvió en una toalla y empezó a secarla con cuidado, sin dejar un centímetro de piel sin tocar. Sabía que estaba intentando seducirla y que no podría resistirse.

Lo observó luego mientras se secaba. Tenía un cuerpo tan hermoso que mirarlo debía de ser lo más erótico que había hecho en mucho tiempo.

Matthew tiró a un lado la toalla y, tumbándose a su lado, usó los dientes para quitarle el sujetador del biquini. Y, antes de que ella pudiera emitir una protesta, empezó a besar sus pechos, tomando un pezón entre los labios para chuparlo suavemente.

Siempre le habían gustado sus pechos y eso, por lo visto, no había cambiado. Pero enseguida le bajó la braguita del biquini y se apartó un poco para quitarse el bañador.

Carmen levantó la mirada y se quedó sin aliento al verlo desnudo, como le ocurría siempre. Era tan viril, tan formidable que casi daba miedo.

Sin pensar, inclinó la cabeza para besar su estómago, plano y firme, sintiendo que sus músculos se ponían tensos de inmediato. Enardecida, agarró sus muslos mientras pasaba la punta de la lengua alrededor del ombligo.

Él murmuró su nombre y Carmen apoyó la frente en su estómago durante un segundo para respirar el viril aroma. Luego se echó hacia atrás y agarró su miembro, sintiendo cómo palpitaba en su mano.

Los ojos oscuros de Matthew, penetrantes, ardientes, brillaban con tal deseo que Carmen sintió un cosquilleo irresistible entre las piernas. Aunque Matthew no lo diría nunca en voz alta, ella sabía lo que quería. Habían estado casados durante tres años y sabía muy bien cómo darle placer.

De modo que se inclinó hacia delante, sus labios y su lengua entrando en contacto con la erección. Oyó que dejaba escapar un gemido ronco mientras pasaba la lengua arriba y abajo, concentrándose en la tarea como si tuviera una importancia monumental. Y para ella la tenía. Matthew era el único hombre al que le había hecho aquello y obtenía tanto placer al hacerlo como él.

—Carmen…

Cuando notó que enterraba los dedos en su pelo siguió chupándolo como él le había enseñado, como sabía que podía enviarlo al abismo. Y a ella le gustaba verlo caer.

Pensar que lo volvía loco la excitaba y, mientras seguía atormentándolo con su boca, un deseo salvaje se apoderó de ella. Matthew era el único hombre que podía hacerla sentir tan atrevida, el único hombre con quien el sexo podía ser algo tan profundo.

¿Estaba mal desear tanto a su ex marido? Matthew no había cumplido su promesa de convertirla en lo más importante de su vida, de quererla para siempre…

Carmen apartó de sí tales pensamientos. Quería concentrarse en él, en hacer el amor con el hombre más irresistible del mundo.

—Carmen.

La urgencia que notó en su tono hizo que se detuviera. Y cuando la explosión que esperaba ocurrió, se sintió abrumada por la pasión y el amor que sentía por él.

Y cuando Matthew tiró de ella para buscar sus labios supo que no habría manera de detener aquello. El deseo se había apoderado de los dos y no eran capaces de negárselo a sí mismos.

Sin decir nada, su marido la tomó en brazos y ella le echó los brazos al cuello. Sabía dónde la llevaba: al dormitorio, a su cama.

Carmen respiró profundamente y cerró los ojos cuando la dejó sobre el edredón. La tocaba por todas partes, con las manos y la boca, y después de acariciar sus pechos como sabía que le gustaba inclinó la cabeza para rozar los pezones con la lengua, metiendo una mano entre sus piernas.

Y después se colocó entre ellas, apretando la cara contra sus femeninos pliegues como si necesitara besarla allí.

–Oh, Matthew...

Carmen se apretó contra su boca y dejó escapar un gemido de placer al notar que hundía en ella la lengua. Las sensaciones eran tan intensas que sólo podía jadear y gemir antes de explotar en un orgasmo tan potente que llevó lágrimas a sus ojos.

–¿Te gusta? –murmuró él, besando su cuello.

Incapaz de pronunciar palabra, Carmen asintió con la cabeza. Un segundo después, Matthew se colocaba sobre ella, separando sus piernas con la rodilla.

–¿Estás segura, cariño? –murmuró con voz ronca.

Carmen no había estado más segura de nada en toda su vida.

–Sí, estoy segura.

***

Eso era todo lo que Matthew necesitaba escuchar. Siguió mirándola a los ojos mientras bajaba las caderas, su erección abriéndose paso entre los pliegues femeninos. Cuando sus músculos internos lo apretaron, musitó su nombre con voz ronca. Había echado de menos aquello. La había echado de menos a ella. Quería cerrar los ojos para disfrutar de la sensación, pero los mantuvo abiertos mientras Carmen levantaba las caderas para recibirlo.

Y cuando se enterró en ella hasta el fondo dejó escapar un grito ronco, el placer provocando convulsiones que lo recorrían de arriba abajo. Pero siguió moviéndose con embestidas insistentes, sabiendo que Carmen disfrutaba tanto como él.

–Matthew, por favor…

El anhelo en su voz revelaba lo que quería y Matthew se movió más rápido. Entendía su deseo porque era tan fiero como el suyo. Se movían al mismo ritmo y cuando Carmen enredó las piernas en su cintura la explosión los sacudió a los dos, el orgasmo ahogándolo de placer.

–¡Matthew!

Aquello demostraba lo que ninguno de los dos había querido admitir hasta aquel momento.

Divorciados o no, su relación no había terminado.

Capítulo Diez

Carmen estaba tan agotada que no podía abrir los ojos. Era incapaz de moverse, su cuerpo aún íntimamente conectado con el de su ex marido. Incluso podía sentir la humedad entre sus muslos...

Poco a poco, abrió los ojos y vio el rostro de Matthew a unos centímetros del suyo. Estaba dormido, pero no la había soltado y tenía una pierna sobre las suyas. Era como si hubiera elegido deliberadamente esa postura para detectar si ella se movía.

Carmen miró el reloj de la mesilla y vio que eran casi las dos, de modo que habían pasado las últimas cinco horas en la cama. Cerrando los ojos de nuevo pensó que nunca había experimentado algo así y tembló al recordar sus íntimas caricias...

No había hecho el amor con ningún otro hombre desde su divorcio y ahora sabía por qué: su cuerpo no deseaba a ningún otro, sólo a él.

Sintió que su miembro crecía dentro de ella y cuando levantó la cabeza se encontró con los ojos oscuros de su ex marido. Se quedaron así, mirándose mientras su miembro palpitaba dentro de ella.

–Oh, Dios mío –las palabras escaparon de su boca mientras sus músculos internos lo abrazaban.

Matthew se inclinó hacia delante para besarla, moviéndose al mismo ritmo que su lengua, y Carmen no podía dejar de gemir con cada embestida.

Unos minutos después sintió un orgasmo tan profundo que la hizo gritar, totalmente abrumada por la magnitud del placer. Matthew explotó mientras se hundía en ella por última vez y Carmen sintió que se derramaba en su interior.

–Matthew…

Estaba temblando y siguió temblando cuando él buscó su boca.

–No puedo creer que esté tan agotada. De verdad, no puedo moverme.

Matthew la miró, sonriendo. Acababan de llegar a Ray's Place, un restaurante muy popular en los Hampton, y Carmen estaba apoyada en el coche, con unos vaqueros y una bonita blusa rosa.

–Me pregunto por qué –bromeó.

–Tú sabes muy bien por qué, Matthew Birmingham –replicó ella, riendo–. Eres increíble.

–Tú también. Venga, vamos a comer algo para recuperar las fuerzas –dijo Matthew, tomando su mano para entrar en el restaurante.

Lo que más le gustaba de Ray's Place era que los paparazzi no tenían acceso al restaurante. La misma razón por la que muchos famosos que habían acudido a Bridgehampton para ver los partidos de polo estaban allí, seguramente.

Y otra cosa que le gustaba de Ray's Place era el excelente servicio, de modo que agradeció que los sentaran inmediatamente.

Carmen parecía cansada, pero no se arrepentía de haberla dejado sin fuerzas. Hacer el amor con ella durante todo el día había sido una de las experiencias más eróticas de su vida. Y más profundas.

—¿Qué te apetece tomar? —murmuró ella, mirando la carta.

—Cualquier cosa. Estoy muerto de hambre.

—Tú estás muerto de hambre y yo estoy agotada.

—Ah, mi amigo Matthew Birmingham y su preciosa mujer, Carmen. ¿Cómo estáis?

Matthew se levantó para estrechar la mano del jeque Adham.

—Me habían dicho que vendrías a Bridgehampton este verano. ¿Cómo estás?

Había conocido al jeque diez años antes cuando, siendo un estudiante, había visitado Estados Unidos para participar en un campeonato de natación en UCLA. Y eran buenos amigos desde entonces.

—Estoy bien, gracias. Y tú, Carmen, estás tan guapa como siempre.

—Gracias —dijo ella con una sonrisa.

El hombre tomó por la cintura a la mujer que iba con él.

—Os presento a mi esposa, Sabrina. Cariño, Matthew y Carmen son amigos míos desde hace tiempo.

Mientras se saludaban Matthew intentó esconder su sorpresa. ¿Adham casado? Sabrina era una belleza, pero había estado con su amigo el año anterior, mientras rodaba una película histórica en Oriente Medio, y Adham le había dicho que no tenía intención de casarse por el momento.

–¿Queréis cenar con nosotros? –preguntó Carmen.

Adham negó con la cabeza.

–Os lo agradecemos mucho, pero ya hemos cenado y estábamos a punto de marcharnos. Pero es posible que nos veamos pronto, después de algún partido.

–Eso estaría bien –asintió Matthew.

–No me imagino a Adham casado –dijo Carmen cuando se quedaron solos–. Pero parecen felices, ¿no?

Matthew no estaba tan seguro. Le había parecido notar algo raro entre Adham y Sabrina, pero no sabría decir qué.

–No me puedo creer que haya comido tanto –se quejó Carmen cuando volvieron a casa.

Matthew tiró las llaves sobre la mesa, riendo.

–Pues te has comido tu postre y el mío.

–¿De qué te ríes?

–De nada, pero nunca te había visto comer tanto.

Carmen soltó una carcajada mientras se dejaba caer en el sofá.

–Estaba hambrienta y creo que es culpa tuya.

–¿Y ya estás satisfecha?

–Sí, mucho.

–¿Cómo va el nivel de energía?

Carmen levantó una ceja.

–Bien, ¿por qué?

–Sigue mirando y pronto tendrás la respuesta a esa pregunta.

Y así fue. Matthew empezó a desnudarse y ella lo observó, fascinada. Cuando vio que bajaba la mano hacia la cremallera del pantalón sintió un escalofrío. Su ex marido tenía un cuerpo que podía hacerla temblar... pero no iba a quedarse temblando en el sofá, pensó, mientras se quitaba la blusa.

Y cuando terminó de desnudarse, Matthew se acercó a ella.

–Eres lenta, cariño.

–Y tú eres muy rápido para algunas cosas.

–Tienes razón –murmuró él, tomándola entre sus brazos.

–¿Es que no has tenido suficiente por hoy?

–No, ¿y tú?

Carmen le echó los brazos al cuello.

–No.

Matthew miraba el techo, pensativo. Si alguien le hubiera dicho que iba a pasar el día entero haciendo el amor con su ex mujer no lo habría creído. Incluso ahora, tumbado en la cama y oyéndola moverse en el cuarto de baño, no podía creerlo.

Hacer el amor con ella había sido increíblemente satisfactorio, pero había notado algo diferente, un elemento nuevo. Pensaba que saliendo un rato de casa la tensión sexual que había entre ellos desaparecería, pero estaba equivocado. No se cansaba de Carmen, al contrario. No sentía remordimiento alguno y esperaba que tampoco los tuviera ella.

¿Pero y si Carmen no sentía lo mismo? ¿Y si sólo

había sido un arrebato de deseo y después de hacer el amor todo siguiera igual que antes?

Matthew se tumbó de lado, mirando hacia la puerta del baño. Carmen era una buena actriz, pero en lo que se refería a ciertas emociones era como un libro abierto para él. Al menos, solía serlo.

Habían hecho el amor como si no llevaran un año separados, como si no se hubieran separado nunca. Le gustaría poder olvidarla, pero era incapaz. El amor que sentía por ella era demasiado fuerte. Ya no quería vengarse, lo que quería era una explicación de por qué había roto su matrimonio. En su opinión, podrían haber solucionado sus problemas si hubieran hablado, si ella le hubiese dado una oportunidad.

Respirando profundamente, esperó que Carmen saliera del baño. Era hora de poner las cartas sobre la mesa, hora de que Carmen se sincerase con él y al revés. Quería recuperar a su esposa y estaba dispuesto a decírselo.

Carmen estaba frente al espejo después de darse una ducha, esperando que Matthew siguiera dormido cuando saliese del baño. No estaba preparada para ver un brillo de remordimiento en sus ojos.

Seguramente lo que había entre ellos era simple deseo y después de haber hecho el amor todo volvería a ser como antes. Matthew le recordaría, amablemente, por supuesto, que estaban divorciados y que nada había cambiado.

Pero se equivocaba. Algo había cambiado, al

menos para ella. Ya no podía negar que amaba a Matthew y tenía que contarle lo del niño porque no era justo que él no lo supiera.

Cuando ocurrió no pudo perdonarlo por no estar a su lado, incluso se había dicho a sí misma que si hubiera estado con ella esa noche no habría perdido el hijo que esperaba. No había querido creer lo que le dijo el médico, que un gran porcentaje de mujeres sufría algún aborto a lo largo de su vida. Según él, no había ninguna razón para que no tuviese un segundo embarazo totalmente normal. Pero entonces no quería pensar en otro embarazo, sólo quería llorar por lo que había perdido.

Ojalá hubiera hecho las cosas de otra manera, pensó. Debería haber llamado a Matthew para contárselo porque, en el fondo de su corazón, sabía que ni el trabajo ni nada habría impedido que tomase un avión para estar con ella.

La habría abrazado mientras lloraba, habría secado sus lágrimas y le habría dicho que todo iba a salir bien, que en cuanto estuviera preparada volverían a intentarlo de nuevo. Y lo diría de corazón.

Pero en lugar de compartir su pena con él le había dado la espalda y había pedido el divorcio sin darle una explicación. Seguramente Matthew la odiaba, pensó, y sería imposible reparar su relación.

El día anterior había querido seducir a su marido para vengarse, pero ahora sabía que lo necesitaba en su vida. Lo amaba y no sería feliz hasta que estuvieran juntos de nuevo.

Tenía que hacer que Matthew se enamorase de

ella otra vez, pero antes debía decirle la verdad. Tenía que contarle lo del niño.

Matthew contuvo el aliento cuando se abrió la puerta del baño y cuando Carmen apareció en la habitación su corazón se volvió loco. El sol que entraba por el balcón le daba un brillo precioso a su piel.

No parecía triste ni arrepentida mientras lo miraba sin decir nada. Habían hecho eso mucho el día anterior, mirarse sin decir una palabra. Pero lo que vio en sus ojos en aquel momento hizo que se derritiera por dentro. Lo amaba, estaba seguro de ello. Podría no decirlo en voz alta, pero podía verlo en sus ojos.

—Matthew, tenemos que hablar.

Y él estaba de acuerdo, tenían que hablar. Quería empezar diciéndole lo que sentía, pero cuando abrió la boca para hacerlo se dio cuenta de que no estaba preparado. No quería hablar del pasado en ese momento, quería quedarse así, como estaban.

—No me apetece hablar de los malos tiempos, Carmen. Ahora mismo sólo quiero olvidarme de lo que nos separó y concentrarme en esto, en lo que ha hecho que volvamos a unirnos.

Sostuvo su mirada, sabiendo como ella que era imposible olvidar el pasado. Si aquello no era más que sexo… pero no, en el fondo de su corazón sabía que no lo era. El amor que había entre ellos seguía ahí, de modo que había problemas que debían resolver.

¿Sus largas horas de trabajo eran lo único que

los había separado? Matthew estaba seguro de que Carmen sabía que siempre le había sido fiel.

Tenían que hablar y tenían que hacerlo a corazón abierto, pero en aquel momento lo único que deseaba era tenerla entre sus brazos de nuevo.

Capítulo Once

Carmen aceptó posponer la conversación y habían pasado una semana maravillosa. Los dos temían que una discusión profunda sobre su matrimonio los devolviera al mismo sitio de siempre y no estaban preparados para eso.

De modo que decidieron disfrutar el momento, vivir el presente sin aventurarse en el amargo pasado. Durante los partidos de polo, todo el mundo especulaba sobre su relación y las columnas de cotilleos de *Wagging Tongue* no ayudaban nada. Habían publicado varias fotografías de los dos y era evidente quién las estaba pasando a la revista: Ardella Rowe. La habían visto la noche que se encontraron con el jeque Adham y Ardella los había molestado con un montón de preguntas que ni Matthew ni ella querían contestar.

Durante los partidos, se limitaban a repetir la consabida frase de «Sin comentarios» cuando algún reportero les ponía un micrófono en la cara. Y la cuestión era que no podrían responder a ninguna pregunta porque aún no sabían qué había entre ellos.

Una revista había publicado que estaban teniendo una aventura de verano sin posibilidad de reconciliación, mientras otra anunciaba que habían vuelto a casarse en Martha's Vineyard. Una tercera incluso se había atrevido a publicar que la auténtica Carmen estaba en Roma con Bruno y que la mujer con la que Matthew pasaba el verano en los Hampton era una chica de gran parecido físico con su ex mujer. Naturalmente, ni siquiera se molestaban en desmentir tales rumores.

Carmen estaba frente al ventanal de la biblioteca, pensativa mientras observaba las olas que llegaban a la playa.

Aquella semana había sido la mejor de su vida. Y no le había molestado nada que Matthew tuviera que ir a Nueva York en un par de ocasiones, aunque las reuniones habían terminado tarde.

Ahora podía decir que, aunque lo culpaba a él por la ruptura de su matrimonio, parte de la culpa también era suya. Ella sabía muy bien lo difícil que era el trabajo de un productor de cine, que tenía que controlar el presupuesto, la producción, a las exigentes estrellas... y sabiéndolo debería haber sido más comprensiva.

Lo más triste de todo era que siempre había sido una persona muy independiente y nunca había buscado la atención de nadie. Pero cuando perdió el niño no podía soportar la idea de un futuro en el que Matthew nunca estuviera a su lado cuando lo necesitaba.

Suspirando, tomó un libro de poesía y estaba sentándose en uno de los sillones cuando oyó pasos en la entrada. Al levantar la cabeza se quedó sorprendida al ver a Matthew, que había tenido que ir a Manhattan esa mañana para asistir a una reunión.

–¿Ya estás de vuelta? –exclamó, levantándose.

Al abrazarlo supo lo que Matthew quería porque era lo mismo que quería ella. Pero tenían que hablar, no podían esperar más.

–Creo que es hora de que hablemos –le dijo–. Hay algo que tengo que contarte.

Matthew creía saber lo que Carmen iba a decirle, pero no quería escuchar que se había cansado de que sólo hubiera sexo entre ellos. Aunque podía entender que lo pensara.

Lo que no había tomado en consideración era que cada vez que lo hacían su corazón parecía a punto de explotar de amor por ella. Cada mañana, cuando despertaba con Carmen entre sus brazos, se daba cuenta de cómo la quería. Hacer el amor era su forma de decirle lo que no podía expresar con palabras.

Sabía que no podían seguir así porque tenían que hablar y decidir qué iban a hacer sobre su futuro, pero no en aquel momento, cuando la deseaba tanto que no podía respirar.

–Matthew…

Él buscó sus labios y, en unos segundos, Carmen se rindió. Aquello era lo que quería, lo que necesitaba. Suspirando, la apretó contra su entrepierna. Pero su calor lo atormentaba y, apartándose un poco, le dio la vuelta para ponerla de espaldas.

–Sujétate a la mesa, cariño.

Carmen sintió el calor de su aliento en la nuca y supo que estaba intentando hacerla olvidar que tenían que hablar. Y, por el momento, consumida de deseo, lo dejaría.

—Te deseo tanto que me duele —dijo Matthew con voz ronca, tirando del pantalón corto y quitándoselo junto con las braguitas. Carmen sintió el aire fresco en su piel y cuando empezó a acariciar sus nalgas, moldeando su carne a placer, dejó escapar un gemido.

Oyó el sonido de una cremallera y cerró los ojos al sentir la dureza de su erección mientras la acariciaba entre las piernas.

Tuvo que agarrarse a la mesa cuando él metió la cabeza del miembro entre sus pliegues. Sentirlo entrando en ella por detrás era perverso y maravilloso y cuando empujó con fuerza tuvo que gritar de placer.

En esa posición se sentía como una parte de él, envuelta en su abrazo, en la protección de su cuerpo.

Cerró los ojos, disfrutando de aquel acto tan íntimo, mientras Matthew empujaba las caderas hacia ella acariciando sus pechos, el roce de sus dedos haciendo que sus pezones se endureciesen.

El calor de su aliento en el cuello mientras murmuraba todo lo que pensaba hacerle antes de que terminase la noche despertaba en ella un deseo frenético que apenas podía contener.

Y se dejó ir, el placer rompiéndola en dos. Carmen tembló con un orgasmo que la recorrió de la cabeza a los pies y, unos segundos después, mientras empujaba con fuerza, Matthew se dejó ir también.

Y Carmen lo sintió. Lo sintió a él como lo había sentido tantas veces y, sin poder contenerse, murmuró:

—Te quiero, Matthew.

No podía creer que lo hubiera dicho en voz alta y una parte de ella esperaba que no lo hubiese oído.

Lentamente, Matthew le dio la vuelta y la besó de la manera más tierna, pero no dijo nada. Ni una palabra.

Matthew, apoyado en la puerta del dormitorio, miró alrededor. Lo último que había esperado era que Carmen dijese que lo amaba y en cuanto pudo escapar de su lado lo hizo. Debería haberle dicho que también él la amaba pero, por alguna razón, no había sido capaz. Aunque la amaba. Pero si se lo hubiera confesado en ese momento, seguramente no habría podido parar. Saber que seguía queriéndolo después de haber pedido el divorcio, después de estar un año sin dirigirse la palabra era más de lo que podía soportar y tenía que calmarse un poco antes de abrirle su corazón y decirle lo horrible que había sido su vida sin ella.

Incluso con los reporteros molestándolos cada vez que salían de casa, aquella semana había sido como cuando empezaron a salir juntos. Pero él sabía que se estaban quedando sin tiempo y debían hablar. Aquel mismo día. La llevaría a dar un paseo por la playa y, por fin, se dirían lo que tenían que decirse el uno al otro.

De modo que abrió un cajón de la mesilla para buscar sus gafas de sol, pero cuando iba a cerrarlo vio algo al fondo. Era la funda de un DVD, con una etiqueta que decía *Para mi marido*. Y con la fecha del día que debía haberse encontrado con ella en España.

Sorprendido, sacó el DVD del cajón y, después de meterlo en el reproductor, se sentó al borde de la cama.

Sonrió al ver a Carmen mirando a cámara, a él, retándolo a descubrir su secreto, como si fuera un juego. Las únicas pistas eran un plato y un reloj. Luego iba añadiendo más pistas: un par de agujas de punto, un tarro de manteca de cacahuete.

Matthew seguía riendo cuando, de repente, se quedó sin aire al ver un biberón y un babero. Con manos temblorosas, subió el volumen del televisor mientras ella sonreía a la cámara.

–*Muy bien, Matthew. Como eres un chico muy listo, seguro que ya sabes cuál es mi secreto. ¡Vamos a tener un niño! Por eso quería que vinieras a Barcelona.*

–Dios mío –murmuró. ¿Carmen había estado embarazada? ¿Qué había pasado?

–Hola, Matthew, estaba empezando a pensar que te habías perdido...

Carmen entró en la habitación y se detuvo en seco al verse en la pantalla del televisor. Y cuando miró a Matthew y vio una mueca de dolor en su rostro se le rompió el corazón.

–¿Es verdad, Carmen? ¿Esa noche, en Barcelona, pensabas decirme que estabas embarazada?

Ella asintió con la cabeza.

–Sí, quería decírtelo de una manera divertida y...

–¿Qué pasó?

Carmen bajó la mirada al recordar esa terrible noche. El dolor se había vuelto insoportable y, aunque había llamado a Matthew muchas veces, tenía

79

el móvil apagado o fuera de cobertura. Pero entonces empezó a sangrar y a partir de ese momento todo era un borrón. Salvo la parte en la que despertó y el médico le dijo que había perdido el niño.

–¿Carmen?

Ella lo miró, con los ojos llenos de lágrimas. Y luego empezó a hablar, recordando cada detalle de esa noche, aliviada por contarle la verdad y no tener que llevar ese peso sobre sus hombros.

–Y nunca me lo dijiste –murmuró Matthew.

–No podía hacerlo. Yo quería tanto a ese niño que perderlo y no tenerte a mi lado me hizo sentir amargada, irracional. Sólo podía pensar que no habías estado conmigo cuando más te necesitaba. Te culpé a ti por lo que había pasado, pero no tenía razón.

Matthew inclinó la cabeza y cuando volvió a mirarla tenía los ojos empañados.

–Yo me culpo a mí mismo también –dijo con voz ronca–. Me culpo a mí mismo porque debería haber estado contigo y no sé si podré perdonarme por no haber estado allí.

Carmen lo abrazó, emocionada. Y, mientras se abrazaban, las lágrimas que había contenido desde esa noche empezaron a rodar por su rostro. Había llorado antes, pero nunca así, sollozando como no había podido hacerlo hasta aquel momento, estando con Matthew.

–Lo siento tanto, Carmen. Ahora lo entiendo todo… entiendo que quisieras alejarte de mí.

–He tardado en darme cuenta de que no fue culpa tuya, cariño –dijo ella, secándose las lágrimas con el dorso de la mano–. Pero habría ocurrido lo mismo aunque tú hubieras estado allí. No puedo culparte por algo que no podías controlar… y estando contigo esta semana me he dado cuenta.

Matthew tomó su cara entre las manos para apoyar su frente en la de ella.

–Carmen…

–No fue culpa tuya. No fue culpa de nadie, el médico me dijo que era normal, que esas cosas pasaban a menudo y que podría tener otros hijos.

–¿Pero los habrá para nosotros? –le preguntó él–. ¿Para ti y para mí?

Carmen sabía lo que estaba preguntando. Matthew le había dicho una vez que no querría tener hijos con ninguna otra mujer y, por el brillo de sus ojos, seguía pensando lo mismo. Quería saber si su relación podría volver a ser la de antes, cuando ella era todo su mundo y viceversa.

–Nunca he dejado de quererte, Matthew –le dijo–. Y me hacía tanta ilusión estar embarazada porque el niño era parte de ti, parte de los dos. Me dolía que trabajases tanto porque pensé que habíamos perdido esa conexión tan especial y creí que el niño nos uniría, pero he descubierto que lo único que necesitamos para recuperar esa conexión es estar juntos. No he tenido nada con Bruno, todo es un truco publicitario, el único hombre de mi vida eres tú. ¿Podrás perdonarme por alejarte de mi vida cuando más te necesitaba? ¿Podrás perdonarme que te dejase? No volveré a hacerlo nunca, Matthew.

–Soy yo quien tiene que pedirte perdón. Te quiero tanto… estaba convencido de que mi obligación era darte todo lo que tú estabas acostumbrada a tener y se me olvidó lo que importaba de verdad: tú. Me he sentido tan solo sin ti, cariño –Matthew acarició su pelo con ternura–. Y lo de Candy también es cosa de mi representante, no hay nada entre ella y yo…

–Ya lo sé –dijo Carmen, sonriendo.

–A partir de ahora vamos a hacer las cosas de otra manera. He aprendido esta semana que puedo encontrar tiempo para mi trabajo y para el resto de mi vida… y no volveré a dejarte sola. ¿Me darás otra oportunidad para demostrártelo?

–Mientras tú me la des a mí…

–¿Quieres casarte conmigo?

Los ojos de Carmen se llenaron de lágrimas.

–Sí, sí, me casaré contigo y esta vez será para siempre.

–Para siempre –repitió Matthew, inclinándose para buscar sus labios. Y el beso que compartieron contenía la promesa de un futuro feliz. Juntos, sabiendo lo que ahora sabían el uno del otro, serían capaces de todo.

Epílogo

Ardella corrió hacia ellos en cuanto Matthew y Carmen entraron en la carpa y, por su expresión ansiosa, era evidente que buscaba una primicia. Y en aquella ocasión no les importó dársela.

–Os veo muy sonrientes.

Matthew tomó a Carmen por la cintura.

–Hace un día precioso y vamos a ver un estupendo partido de polo.

–Yo creo que hay algo más –insistió Ardella.

Carmen, que estaba de muy buen humor, decidió ahorrarle esfuerzos.

–Sí, la verdad es que hay algo más y puedes decir te lo hemos contado nosotros mismos: Matthew y yo hemos decidido volver a casarnos.

La sonrisa en el rostro de la mujer parecía sincera.

–Me alegro mucho por los dos, pero como podréis imaginar todo el mundo querrá conocer los detalles de esa reconciliación.

–Lo siento, pero algunas cosas son privadas –dijo Carmen. No pensaba contarle que iban a celebrar una ceremonia íntima allí mismo, en la playa. La primera persona a la que llamó fue a Rachel, que daba saltos de alegría al saber la noticia.

–¿Carmen será la estrella en alguna de tus películas, Matthew?

Él la miró, riendo.

–Carmen puede hacer lo que quiera.

–Eso es un sí, imagino.

–Cuenta lo que te parezca –dijo él. Y, sabiendo que probablemente Ardella llevaba una cámara, tomó a Carmen entre sus brazos para besarla con la profunda ternura de un hombre enamorado.

Nadie entendería las emociones que experimentó en ese momento, las emociones de un hombre que se había dado cuenta de que tenía madera de marido.

El corazón de Carmen estaba rebosante de alegría y más tarde, cuando Matthew y ella ocuparon sus sitios para ver el partido, no pudo evitar que una lágrima rodara por su rostro.

–¿Estás bien, cariño?

–No podría estar mejor. Te quiero mucho, Matthew.

–Yo también –dijo él, apretando su mano.

Carmen apoyó la cabeza en su hombro. Se sentía feliz porque, además de haber recuperado el amor de su marido, los dos estaban de acuerdo en volver a intentar tener un hijo. Pero, por el momento, estaba deseando volver a ser Carmen Akins Birmingham.

Le gustaba mucho ese nombre y decidió demostrárselo cuando volvieran a casa. La vida era maravillosa, pero estar con el hombre al que amaba era lo mejor de todo.

EL AMOR DEL JEQUE

Capítulo Uno

Tres semanas antes, Sabrina Grant se había casado con el hombre de sus sueños.

El jeque Adham ben Khaleel ben Haamed Aal Ferjani era un príncipe, literalmente, que la había cautivado desde el momento que lo conoció. Era todo lo que una mujer podía soñar y lo amaba con todas las fibras de su ser.

Y, sin embargo, jamás pensó que pudiera sentirse tan triste.

¿Cómo había terminado así, sola, descartada? Aquello era lo último que habría imaginado cuando pronunció el «sí, quiero».

Claro que jamás habría imaginado nada de lo que había ocurrido en las seis semanas desde que su padre sufrió un infarto.

Era el mes de mayo, una semana después de terminar sus estudios, y estaba a punto de volver a casa con dos títulos en la mano cuando recibió la terrible noticia. Sabrina corrió al lado de su padre, intentando contener su angustia mientras atendía a la gente que iba a visitar a Thomas Grant, propietario de los famosos viñedos Grant. Se sentía desolada hasta que una amiga fue a visitarla, acompañada del hombre más increíble que había visto nunca: Adham.

Se había quedado cautivada y, para su sorpresa,

también a él parecía gustarle. Y lo mejor era la certeza de que Adham no estaba interesado en el dinero de su padre. Además de ser el segundo en la línea de sucesión al trono de un reino del desierto, Khumayrah, Adham era el propietario de una de las cuadras más importantes de Estados Unidos y poseía una fortuna que empequeñecía la de su padre.

Adham había empezado a visitarla cada día, enamorándola cada vez más. Le hacía compañía mientras cuidaba de su padre y la llevaba a comer o a pasear... su presencia la animaba y la excitaba a la vez y cuando hicieron el amor, tres semanas después de conocerse, estaba locamente enamorada de él.

Al día siguiente, cuando su padre le dijo que Adham le había pedido su mano, Sabrina se sintió abrumada de felicidad. Su padre iba a recibir el alta del hospital y Adham la quería tanto como lo quería ella...

Pero tuvo que poner los pies en la tierra cuando le dijeron que sólo le daban el alta porque había pedido morir en casa. No tenía sentido operarlo a corazón abierto o hacerle un transplante ya que su cuerpo no lo resistiría y apenas le quedaban unos días de vida.

Adham aceptó que la boda se celebrase de inmediato para que Thomas Grant pudiera estar presente y ella se lo agradeció. Quería darle a su padre toda la felicidad posible durante sus últimos días, pero se le rompía el corazón al saber que no la vería formando una familia con el hombre del que estaba enamorada.

Horas después de la boda, su padre entró en coma y murió al día siguiente.

Después de tan trágico comienzo de su matrimonio, Sabrina no esperaba que Adham la sacara de su casa en Long Island para llevarla a una mansión en Nueva Inglaterra. Y mucho menos que volviese a trabajar de inmediato. Volvía a casa casi todas las noches, pero era como si se hubiera distanciado de ella.

Al principio quiso pensar que estaba dándole tiempo para llorar a su padre e intentó demostrarle que lo que necesitaba era estar entre sus brazos, que la intimidad con él era lo único que podía salvarla del dolor.

Cuando eso no funcionó, buscó una razón para tan repentino distanciamiento. Y encontró una posible explicación cuando Jameel, la mano derecha de Adham, le contó que en Khumayrah solían guardar cuarenta días de luto tras la muerte de un familiar.

Pero habían pasado tres semanas y Sabrina no podía soportarlo más. Era comprensible que hubieran cancelado su luna de miel en tales circunstancias, ¿pero no acercarse a ella? ¿Tratarla como si fuera una extraña y no su esposa? Eso no podía entenderlo.

Esa misma mañana había intentado hablar con él pero, de nuevo, Adham no le dio oportunidad. A primera hora de la mañana la llevó a Bridgehampton para asistir al campeonato de polo. Adham jugaba en uno de los equipos, además de ser el propietario de los caballos y socio de los propietarios del club.

Y allí estaban, en otra de sus mansiones, aquella más impresionante que la anterior, una finca espectacular al sur de Bridgehampton. La casa tenía tres plantas y treinta y seis mil metros cuadrados, con una finca que incluía un pabellón de baile. Según Adham, acudía a ese campeonato todos los años y necesitaba el espacio para acomodar a sus invitados.

La había instalado en el dormitorio principal, con una decoración exquisita, suelos de roble y un cuarto de baño con grifos de oro y paredes de ónice. Lo único que faltaba era el novio.

–Sabrina.

Ella volvió la cabeza, sorprendida. Adham.

Su voz llegaba desde el saloncito de la suite, irresistible, masculina, su exótico acento convirtiendo su nombre en una invocación.

Y, a pesar del desconcierto de las últimas semanas, Sabrina sintió que sus esperanzas renacían.

Tal vez iba a buscarla por fin. Tal vez se había apartado para darle tiempo de llorar a su padre y aquélla sería su luna de miel.

Si era así, le daría las gracias por ser tan comprensivo y lo regañaría por no entender que lo último que necesitaba era estar sola. No necesitaba espacio ni tiempo, lo necesitaba a él.

Sabrina esperó, reclinada sobre las almohadas. Adham aparecería en cualquier momento, pensó. Pero los segundos pasaban y poco después oyó que sus pasos se alejaban por el pasillo.

La había llamado para que saliera de la habitación y se había marchado al ver que no lo hacía en lugar de entrar. ¿Por qué?

«Ve a buscarlo, tonta», se dijo. «Pregúntale qué le pasa».

–Adham.

Pero era demasiado tarde, la puerta se había cerrado tras él. Y no podía soportarlo más, pensó, saltando de la cama.

Lo llamó de nuevo pero, aunque tenía que haberla oído, Adham siguió adelante sin volver la cabeza.

Sabrina salió al jardín tras él, sus zapatillas hundiéndose en el camino de gravilla, y llegó a su lado cuando iba a subir a un Jaguar negro que parecía una extensión de él mismo, tan formidable y poderoso.

–Sabrina –murmuró, la fuerte pronunciación de la «r» destacando sus exóticos orígenes–. Pensé que estabas dormida.

–Sufriría narcolepsia si estuviera dormida cada vez que tú crees que lo estoy –dijo ella, sin poder disimular su amargura.

Matthew medía quince centímetros más que ella, aun llevando tacones, y su pelo negro brillaba como ala de cuervo bajo el sol de mediodía. Sabrina tuvo que contener un gemido. Se había quitado la ropa informal que usó para pilotar el helicóptero que los llevó hasta allí y ahora llevaba un traje de diseño que le daba un aspecto formidable. A los treinta y cuatro años, era el paradigma de la virilidad. Y era su marido, pero no era suyo en realidad.

Adham se quitó las gafas de sol, sus ojos dorados brillantes mientras alargaba una mano para rozar sus labios.

–Estás guapísima, *ya jameelati*.

Que la llamase «belleza» y la mirase como si quisiera devorarla hizo que el corazón de Sabrina se volviera loco.

Pero su respuesta era tan fiera que la indignó.

–Estoy exactamente igual que esta mañana, ni siquiera me he quitado la ropa que llevaba puesta.

–Entonces te pido disculpas por no haberme dado cuenta. Tenía demasiadas cosas en mente… aunque no es excusa. Nada debería distraerme de mi tesoro, mi esposa.

Adham puso una mano en su nuca y otra en su cintura para aplastarla contra su cuerpo.

–Adham… –fue lo único que pudo decir Sabrina antes de que capturase sus labios, ocupándola con su lengua, embriagándola.

–*Aih, gooly esmi haik…* di mi nombre así otra vez, como si no pudieras respirar de deseo.

–No puedo… –Sabrina le echó los brazos al cuello, sin importarle que estuvieran en el jardín, donde cualquiera podría verlos.

Adham la apretó contra la puerta del coche, su erección clavándose en su trémulo estómago, una rodilla entre sus piernas.

«Me desea otra vez», pensó Sabrina.

–Diría que buscarais un hotel, pero estamos frente a una mansión de dieciséis habitaciones. Y, por lo que veo, las habéis usado todas.

Las palabras, pronunciadas por una voz masculina, no lograron enfriar su fiebre. Sólo cuando Adham se apartó se dio cuenta de que ya no estaban besándose.

Y tuvo que parpadear varias veces para fijar la mirada en un hombre alto y guapo que estaba a unos metros de ellos, con las manos en los bolsillos del pantalón.

–Hola, Seb. Me alegro de que hayas venido, *ya sudeeki*, así puedo presentarte al amor de mi vida, Sabrina Aal Ferjani.

Sabrina no sabía cómo podía permanecer de

pie, tal vez porque Adham estaba sujetándola por la cintura.

–*Ameerati*, te presento a Sebastian Hughes, mi amigo y socio. Es el propietario del club de polo.

Ella le ofreció su mano, sorprendida de que Adham la llamara «mi princesa».

–Es un honor y un placer conocerte –dijo Sebastian, con una sonrisa en los labios–. Y una sorpresa. Jamás pensé que Adham entraría en la jaula del matrimonio por voluntad propia.

–Yo tampoco –dijo él–. Hasta que conocí a Sabrina. Pero estar con ella no es estar en una jaula, sino en el cielo.

Su amigo soltó una carcajada.

–Bueno, bueno, hasta te has vuelto poeta. Debes tener magia, Sabrina. Puedo llamarte Sabrina, ¿verdad?

–Sí, claro.

–¿No tengo que llamarla princesa Aal Ferjani…?

–Nos está tomando el pelo –lo interrumpió Adham– porque antes de conocerte le dije que nunca me casaría. Pero yo puedo decir lo mismo de él. El solterón empedernido también ha conocido recientemente a la mujer de su vida.

–¿Ah, sí?

–Su ayudante tuvo que amenazar con dejarlo plantado para que se diera cuenta de que no podía vivir sin ella.

–Sí, es verdad –asintió Sebastian–. Una cosa es segura, Sabrina: tanto Adham como yo somos afortunados. Y Julia y tú debéis ser santas no sólo por aguantarnos, sino por perdonarnos nuestros pecados.

–¿Por qué crees que Adham ha cometido algún

pecado? –la pregunta salió de sus labios antes de que pudiera meditarla, pero él sonrió.

–Porque, como lobo solitario que ha sido durante tanto tiempo, debe de haber cometido alguno en su lucha para no sucumbir a sus sentimientos por ti. A mí me pasó lo mismo.

¿Podría ser eso lo que había ocurrido la semana anterior, que Adham estuviera intentando ajustarse a la vida de casado después de toda una vida pensando que jamás se ataría a otra persona?

–¿Qué te trae por aquí, Seb? Yo iba a la finca ahora mismo.

–Había pensado que no saldríais el primer día y venía a conocer a Sabrina y a daros la bienvenida.

–Ah, pues ya lo has hecho –Adham se volvió para mirar a su esposa–. ¿Quieres que te enseñe la hacienda Siete Robles, donde tiene lugar el campeonato de polo?

–Sí, me encantaría.

–Y, en caso de que queráis estar solos un rato, podéis utilizar mi casa –dijo Sebastian, burlón.

Adham negó con la cabeza.

–Sufrir un poco no importa cuando uno está esperando el momento perfecto.

Sabrina lo miró y en sus ojos vio un brillo de pasión que ni siquiera intentaba disimular.

Lo decía en serio. Había estado esperando que se recuperase un poco tras la muerte de su padre, pensó, sintiendo que su vida de casada empezaba. Por fin.

Capítulo Dos

El viaje hasta la hacienda Siete Robles fue como un borrón. Lo único que Sabrina sentía era la proximidad de su marido, lo único que veía era el hermoso perfil de Adham. Era un hombre tan increíblemente apuesto...

Y lo único que quería era seguir con lo que estaban haciendo cuando Sebastian los interrumpió. Pensó que iban a hacerlo cuando Adham le pidió a Jameel que los llevase en la limusina, pero con la barrera entre conductor y pasajeros bajada y los guardaespaldas precediéndolos y siguiéndolos en dos coches, se sentía incómoda. Claro que, aunque no fuera así, no habría hecho nada. Ella era inexperta y seguramente no sería capaz de seducirlo. Era demasiado tímida para intentarlo siquiera y necesitaba que él iniciase la intimidad.

Pero no tuvo suerte ya que Adham estaba hablando por el móvil.

−*Zain, kaffa*, tengo que cortar la comunicación. Dile que tendrán que esperar un poco más −luego se volvió hacia ella−. *Aasef, ya habibati*. Lo siento mucho, Sabrina. No habrá más interrupciones, te lo aseguro.

−No te preocupes, no importa.

Sabrina sintió que le ardía la cara al oír que la

llamaba «mi amor». Había memorizado todas las cosas que le decía en su idioma e investigado lo que significaban cuando él no se las traducía. La había llamado así sólo una vez, cuando estaban haciendo el amor.

—Dime, ¿qué sabes del polo?

—No mucho, la verdad. Sé que hay un montón de hombres galopando para golpear una bolita con un mazo…

Adham soltó una carcajada.

—Eso es básicamente. ¿Quieres saber algo más?

—Sí, por favor. Cuéntamelo todo.

Adham asintió con la cabeza.

—Empecé a jugar cuando tenía ocho años y a criar caballos a los dieciséis. Durante los últimos diez años he participado en la mayoría de los campeonatos que se celebran en todo el mundo como patrocinador, criador y jugador. Pero tengo especial interés en el torneo que se celebra aquí, sobre todo desde que lo dirige Sebastian. Su padre creó el club de polo y lo ha dirigido hasta ahora, pero el pobre está enfermo.

—¿Sebastian es el patrocinador entonces?

—Su empresa, Clearwater Media. Los propietarios son Sebastian y Richard Wells, que acaba de comprometerse con Catherine Lawson, mi jefa de cuadras. Su compromiso ha coincidido con el de Sebastian y Julia, su ayudante.

Sabrina habría querido decir: «Y con nuestro matrimonio», pero vaciló porque aún no le parecía real.

—Entonces será un campeonato interesante.

—Será memorable, no sólo porque están los mejores caballos y los mejores jugadores, sino porque tú estás conmigo –dijo Adham, tomando su cara entre las manos.

Sabrina iba a decir algo, pero el discreto carraspeo de Jameel les avisó de que habían llegado a su destino.

Había mucha gente frente a los establos, algunos trabajando, otros esperándolos con cámaras.

Sabrina se volvió hacia Adham, aprensiva, pero él la ayudó a salir de la limusina y la tomó por la cintura mientras los periodistas gritaban preguntas que su marido contestaba con parquedad: se habían casado en una ceremonia íntima debido al estado de salud de su padre. No había más comentarios.

Después hizo un gesto a sus guardaespaldas para que les abriesen el camino y entraron en los establos seguidos de las preguntas y los fogonazos de las cámaras.

Había demasiada gente en el interior, demasiados ojos, todos clavados en Adham y en ella. Sabrina se sentía incómoda, vulnerable. No le gustaba ser el centro de atención y, aunque sabía que sería aún peor después de su boda con Adham, saberlo era una cosa y experimentarlo otra muy diferente.

–Quiero que conozcas a los más importantes de mis colegas.

Se refería a los caballos, naturalmente. Adham le presentó a cada uno como si fueran amigos, diciéndole su nombre y hablándole de su carácter y sus peculiaridades en el campo.

Un grupo de gente, seguramente invitados de Sebastian, se acercó para saludarlos, sin disimular su curiosidad por ella, la mujer a la que el príncipe del desierto había elegido como esposa. Él aceptó las felicitaciones y la presentó con gesto de orgullo... para dejar luego sutilmente claro que querían estar solos.

Una vez que todos se alejaron, Adham siguió con sus explicaciones:

–Mis caballos van conmigo donde quiera que vaya. Cada jugador debe tener de seis a ocho por partido pero, por si hubiera alguna lesión inesperada, suelo llevar de sesenta a setenta cada temporada.

Cuando Sabrina pensaba que no podía ver un caballo más bonito, Adham le presentó a sus más preciadas posesiones:

–Aswad y Layl, Negro y Noche en árabe, son hermanos. Su padre era Hallek, mi primer caballo.

Ella acarició el brillante pelaje de los animales con una sonrisa.

–¿Tienen alguna relación contigo? Porque tu nombre también significa «negro», ¿verdad?

Adham soltó una carcajada.

–Sí, mis padres siempre han dicho que tengo genes de caballo y es cierto que siento como si fueran mis hijos.

–Son magníficos, como tú.

Los ojos de Adham brillaban mientras enredaba los dedos en su pelo.

–Tú sí eres magnífica, *ya jameelati.*

Sabrina oyó un ruido entonces y, cuando volvió la cabeza, vio que uno de los paparazzi había logrado entrar en los establos. Adham lo fulminó con la mirada, pero el tipo se limitó a sonreír mientras seguía haciendo fotografías. Claro que cuando su marido dio un paso hacia él, el paparazzi salió corriendo.

Sabrina hizo un gesto de contrariedad.

–No van a dejarnos en paz.

–No te preocupes por ellos.

–¿Aswad y Layl son caballos árabes? –le preguntó luego, para olvidarse del atrevido paparazzi.

–Todos mis caballos son purasangres árabes, sí. Se nota en la forma de la cabeza –contestó él, tomando su mano para ponerla sobre la cara de uno de los animales–. Tienen la frente más alta, los ojos más grandes, el hocico un poco más pequeño y el cuello más arqueado. La mayoría tienen una protuberancia en la frente, lo que llamamos *jibbah* en Khumayrah –Adham guió sus dedos para que investigase–. Es un ensanchamiento del seno nasal que los ayuda a soportar la sequedad del desierto. Son famosos por su fortaleza y su valor, pero nunca he tenido caballos tan buenos como Aswad y Layl. Los monto en los momentos críticos de un partido porque con ellos se juega para ganar.

Para entonces, Sabrina sentía como si hubiera explorado cada centímetro de su cuerpo con las manos.

–Son preciosos.

–¿Qué tal si te presento a mis amigos de dos patas ahora? –le preguntó Adham, sonriendo.

El hoyito en su mejilla hacía que su corazón latiese como loco.

–Sólo si prometes que podré ver a tus caballos de nuevo.

–Te prometo todo lo que tú quieras, cuando tú

quieras. Pero ven, mis amigos deben de estar en la carpa y hay gente a la que quiero presentarte. Son una gente estupenda… mis amigos quiero decir. Estos campeonatos son un imán para gente de todo tipo.

Sabrina asintió con la cabeza. Ella sabía muy bien qué clase de gente se sentía atraída por los ricos y famosos.

Mientras Adham tomaba su mano para ir hacia la carpa, intentó pensar en algo que decir, preferiblemente algo inteligente porque cada vez que estaba con él su cerebro parecía derretirse.

–¿Y qué hace falta para ser un buen jugador de polo?

–La habilidad de montar como un guerrero del desierto, golpear la bola como un rey medieval y jugar como si fuera una partida de ajedrez… en la que un montón de tipos intentan romperte las rodillas.

Sabrina soltó una carcajada.

–¿Te han hecho daño alguna vez?

–Las lesiones son parte del juego. El polo, aunque no lo parezca, es un deporte de contacto.

–Pero no serán lesiones graves, ¿verdad?

Él la miró con un brillo extraño en los ojos. ¿Un brillo de duda, de incredulidad?, se preguntó. Pero no, debía de haberlo imaginado porque enseguida desapareció.

–El jugador más experto es el que menos lesiones sufre. Algunas veces no pasa nada, otras tienes alguna lesión sin importancia. Pero siempre existe la posibilidad de que la lesión sea importante.

–¿Por ejemplo?

–Laceraciones, fracturas, conmociones cerebrales e incluso la muerte. Las peores lesiones ocurren si se rompe una silla o el jugador cae debajo del caballo.

–Dios mío… –murmuró Sabrina, con el corazón encogido. Ella no sabía que el polo pudiera ser un juego tan peligroso y le gustaría pedirle que no volviese a jugar, pero no podía hacerlo. Aún no se sentía su esposa de verdad y, además, no creía que una persona pudiera interferir en la vida de otra sólo por el hecho de estar casados.

¿Pero y si…?

No podría soportarlo.

–Pero si hay tales riegos, ¿por qué juegas?

Adham se encogió de hombros.

–La vida es un riesgos, Sabrina. Sólo se está totalmente a salvo cuando estás muerto.

–Pero tendrás cuidado, ¿verdad? Ninguna de tus sillas se va a romper, ni tus caballos te van a tirar al suelo…

–Si quieres saber si me gusta el riesgo, la respuesta es no. Soy un estratega, me marco un objetivo y hago todo lo posible para conseguirlo. E invariablemente lo consigo –respondió Adham, con cierta dureza–. Como haces tú.

Capítulo Tres

Sabrina miró a Adham, sorprendida. ¿Qué había querido decir con eso, que no había parado hasta conseguir los másteres que necesitaba para ocupar su puesto al lado de su padre en la empresa familiar?

Sí, debía de ser eso. Y la dureza que había imaginado acompañaba tal afirmación debía de ser un truco de su agitada mente.

–¿Entonces nunca has sufrido una lesión?

–Yo no he dicho eso. ¿Recuerdas la cicatriz en el muslo?

Nunca la olvidaría porque se había quedado horrorizada al verla. La había tocado con manos nerviosas esa noche, cuando por fin la hizo suya, pensando en lo que debía de haber sufrido...

–Ésa fue la lesión más severa. Mi caballo cayó sobre mi pierna y me fracturó el fémur.

Ella lo abrazó, como si con ese abrazo pudiera borrar el dolor, y Adham acarició su pelo.

–Pero tú haces que me alegre de tener esa cicatriz.

Sabrina recordó esa noche, cuando lo vio desnudo por primera vez. Era demasiado tímida como para mirarlo abiertamente, de modo que se limitó a recibirlo sin atreverse a tocar el enorme miembro que la invadía y la hacía sollozar de placer. Adham parecía saber lo que necesitaba entonces… y lo que necesitaba en aquel momento. Pero antes tendría que acudir al partido con él y hacer que se sintiera orgulloso.

Cuando entraron en la carpa fueron recibidos con felicitaciones, palmaditas en la espalda y más fotografías de los reporteros que tenían pase especial para estar allí.

Sabrina creía estar preparada, pero se encontró deseando que se la tragara la tierra. Siendo la hija de Thomas Grant debería estar acostumbrada a tanta atención, pero aquello era increíble. Y, siendo la esposa del jeque Adham Aal Ferjani, tenía la impresión de que aquello era sólo la punta del iceberg.

Intentaba estar a la altura como esposa del invitado más famoso y el patrocinador más valorado, pero temía estar haciéndolo fatal.

La mayoría de las mujeres se comían a Adham con la mirada y algunas la ignoraban por completo, flirteando descaradamente con su marido. Afortunadamente, Adham no parecía interesado en absoluto. Pero debería acostumbrarse, pensó. Después de todo, ¿qué mujer no se sentiría atraída por un hombre como él?

Sólo cuando Adham le presentó a su grupo de amigos se relajó un poco.

Estaban Sebastian y su prometida, Julia Fitzgerald, el socio de Sebastian, Richard Wells y su prometida, Catherine Lawson, la jefa de cuadras de su marido, acompañados por Nicolás Valera, un famoso jugador argentino que jugaba en el equipo de Adham, los Lobos Negros.

–Cuéntanos algo sobre tus viñedos, Sabrina –la

animó Julia–. Lamento decir que ni siquiera sabía que hubiera viñedos en Long Island.

–No lo sabe todo el mundo. Mi padre fue uno de los primeros en darse cuenta de que el microclima de Long Island era similar al de Burdeos. Empezó a plantar viñedos en 1975 y a día de hoy tenemos cientos de hectáreas, con uvas de tanta calidad como las de California. Tenemos merlot, cabernet franc, cabernet sauvignon y chardonnay.

–Vaya, está claro que conoces el negocio –dijo Catherine–. ¿Empezaste a trabajar cuando eras muy joven?

El corazón de Sabrina se encogió al recordar su frustración por lo exageradamente protector que había sido su padre.

–En realidad mi padre no quería que trabajase, pero yo insistí en aprenderlo todo sobre el negocio, así que tengo un máster en Dirección de Empresas y en Viticultura. Estaba decida a llevar el negocio cuando él se retirase, pero no hemos tenido oportunidad…

No terminó la frase porque sus ojos se llenaron de lágrimas. Julia y Catherine intentaron consolarla de inmediato, pero fue la proximidad de Adham lo que alivió su angustia.

Nicolás se dio cuenta de que lo pasaba y cambió de tema, contando anécdotas de partidos que los hicieron reír a todos.

Pero, aunque disfrutaba de la compañía de esos amigos, después de una hora necesitaba marcharse. Necesitaba estar a solas con Adham y tenía que encontrar la manera de hacerle saber que necesitaba hacer el amor con él.

Como si se hubiera dado cuenta de que estaba

incómoda, Adham se disculpó ante sus amigos para llevarla al otro lado de la carpa y Sabrina, nerviosa, soltó lo primero que se le pasó por la cabeza:

–Me has dicho qué debe tener un buen jugador de polo, ¿pero qué debe tener el mejor?

–Aparte de los mejores caballos y la habilidad de entenderlos, concentración.

–Si eso es lo que hace falta, seguro que tú eres el mejor.

Él sonrió, divertido por el halago… ¿y contento?

–No sé si soy el mejor, pero soy un jugador de diez goles.

–¿Qué significa eso?

–Los jugadores de polo son juzgados por sus colegas con una escala de dos a diez goles. No significa que hayan marcado diez goles, sólo indica lo valioso que es un jugador. A partir de dos goles se trata de un profesional.

–Y tú eres, por supuesto, perfecto. Pero eso ya lo sabía.

Adham puso un dedo bajo su barbilla para que levantase la cabeza, el brillo de sus ojos haciéndola temblar. Y entonces la besó, prácticamente doblándola sobre sí misma, dejando que sus largos rizos cayeran sobre su brazo.

Cuando se apartó, Sabrina estaba sin aire. El brillo de deseo en sus ojos la hacía sentir lanzada, valiente.

–El capitán del equipo siempre debe tomar la iniciativa –bromeó Adham.

–Ah, claro, eres el capitán –replicó ella, su voz ronca de deseo–. ¿Y cuál es tu posición favorita en el campo?

Los ojos de Adham se oscurecieron ante tan poco sutil insinuación.

–Cualquier posición mientras cumpla el propósito del… partido. Pero mi posición favorita es la número tres.

Por un segundo, Sabrina pensó que se refería a la tercera vez que le había hecho el amor, cuando lo montaba mientras él lamía sus pezones.

–Es similar a la de un capitán en un equipo de fútbol, normalmente reservada para los jugadores más expertos –siguió Adham, con una sonrisa traviesa–. Tienes que atacar la defensa del contrario y golpear la bola para mandarla lo más lejos posible. Hace falta mucho control para eso.

–Y todos sabemos que tú eres el rey del control –Sabrina se refería a su habilidad para alejarse de ella, pero Adham la miraba con un gesto de sorpresa que no sabía cómo entender–. Y después de la lesión, ¿no dudaste antes de volver a jugar?

–Ni un segundo. No hay nada más emocionante que galopar a sesenta kilómetros por hora. Es un placer y un privilegio compartir el juego con un animal entrenado. Y luego está la brisa en la cara… el tiempo se detiene mientras tú golpeas la bola con el mazo, sintiendo la satisfacción de saber dónde quieres ponerla.

Sabrina suspiró.

–Me dan ganas de jugar al polo.

–Si lo deseas, puedo enseñarte.

Ella negó con la cabeza.

–Ni siquiera sé montar a caballo. Mi padre nunca me dejó porque temía que me cayera. Al principio decía que era demasiado joven o demasiado delgada. Tras la muerte de mi madre se volvió aún más protector y tuve que pelearme con él muchas veces para tener algo de independencia. Montar a caballo fue una de las batallas que decidí dar por perdidas para conseguir otras cosas. Incluso me hizo jurar que nunca montaría mientras estaba en la universidad, así que me contentaba con visitar a los caballos que teníamos en la finca.

–Sé que te gustan los caballos. Aswad y Layl te han aceptado inmediatamente, y no dejan que todo el mundo los toque.

–Claro que ahora que me has contado todo eso de las lesiones, empiezo a entender un poco más a mi padre –dijo Sabrina.

Entonces, de nuevo, vio un brillo extraño en los ojos de Adham. ¿Qué era? ¿Estaba enfadado? ¿Con quién? ¿Con su padre por limitar sus opciones o con él mismo por preocuparla?

Un segundo después, la ominosa nube había desaparecido y sus ojos brillaban alegres de nuevo.

–No te preocupes, *ya galbi* –murmuró, besando su mano–. No me va a pasar nada.

–No podría soportarlo si te ocurriese algo. Por favor, ten cuidado.

–Siempre soy precavido, pero ahora tengo más razones para cuidar de mí mismo.

Sabrina tuvo que hacer un esfuerzo para no cerrar los ojos, como la heroína de una novela victoriana. Antes de conocer a Adham había empezado a sospechar que era frígida, como le habían dicho muchos hombres. Si pudiesen verla ahora…

Tras ellos escucharon un discreta tosecilla. Era Jameel y Adham habló con él en árabe, pero Sabrina no entendió una palabra.

–Lo siento, *ya ameerati,* tengo que irme a una

reunión urgente. Por favor, quédate un rato más. Jameel te llevará a casa cuando quieras.

Ella sonrió, a pesar de la desilusión.

—No te preocupes por mí. Me iré a casa y te esperaré allí.

—Como quieras.

Se despidieron de sus amigos y, media hora después, Sabrina estaba de vuelta en la residencia de los Hampton. No sabía cuánto tardaría Adham en volver, pero decidió darse un baño perfumado y ponerse un vestido que esperaba resultase irresistible.

Dos horas después lo llamó por teléfono, pero tenía el móvil apagado y no dejó un mensaje.

¿Dónde estaba? ¿Por qué tardaba tanto?

Intentaba convencerse a sí misma de que se había casado con un hombre de estado y un hombre de negocios, alguien que no disponía siempre de su tiempo.

Pero no sirvió de nada. Aunque todo eso era verdad, con una simple llamada habría conseguido que se fuera a dormir tranquila. Con una sola llamada podría pensar que su matrimonio no era un espejismo que aparecía y desaparecía a capricho de Adham. Que no le dijera dónde estaba o a qué hora iba a llegar la inquietaba profundamente.

Lo último que supo antes de quedarse dormida por agotamiento fue que Adham no había vuelto a casa.

Y las pesadillas que tuvo esa noche le decían que tal vez no volvería nunca.

Capítulo Cuatro

Despertó sola y lo primero que sintió fue la convicción de que despertaría sola durante el resto de su vida.

También se había ido a la cama sola, como desde el día que se casó con Adham.

Había creído que la inexplicable fase de distanciamiento había pasado, pero no era así. La semana anterior había ocurrido lo mismo: estaban juntos de día, pero por la noche Adham desaparecía con una excusa u otra.

Suspirando, Sabrina se levantó de la cama. La habitación estaba a oscuras, en silencio. Sabía que al otro lado de las cortinas podría ver el día soleado y al otro lado de la puerta a la gente de servicio ocupada dejando la casa inmaculada, pero las puertas dobles y los cristales de seguridad eran como uno escudo que la alejaba de todo y parecía estar en una casa desierta.

Sentía como si estuviera en una montaña rusa que la catapultaba hacia arriba para lanzarle de golpe hacia abajo...

Si no fuera por esa noche, una sola noche, cuando Adham le demostró que era un hombre tan apasionado en la cama como fuera de ella, pensaría que le pasaba algo. Pero como su fortaleza era indiscutible, empezaba a pensar que había perdido interés por ella.

La dejaba sola cada noche y empezaba a temer que hubiese aceptado la oferta de alguna otra mujer…

En realidad no podía creerlo, pero ya no le quedaban excusas para su comportamiento.

¿A qué estaba jugando?

Cuando sonó su móvil lo miró, desconcertada, antes de ver el nombre de Adham en la pantalla.

–¿Adham?

–*Sabah'al khair, ya galbi.*

Escuchar ese saludo en su idioma habría sido suficiente para emocionarla, pero que además la llamase «su corazón» en ese tono tan íntimo, tan posesivo…

–Espero que hayas descansado bien.

–He dormido bien, pero te he echado de menos.

–Y yo también, *ya kanzi*. Pero tengo que estar aquí todo el día, entrenando. Si te apetece, Jameel puede traerte al campo.

–Sí, muy bien. Iré a verte entrenar y luego volveremos juntos a casa.

–Entonces, ven ahora mismo.

Su tono, tan masculino, hizo que sintiera un cosquilleo entre las piernas.

Pero, de repente, se puso furiosa.

Se sentía como un ratón con el que un gato caprichoso estuviera jugando. Y estaba cansada.

–No, espera… lo he pensado mejor. Prefiero no ir.

Al otro lado de la línea hubo un largo silencio, pero cuando Adham volvió a hablar en su voz no parecía haber sorpresa o irritación.

–Ya me lo imaginaba, *ya ameerati*. Descansa todo lo que puedas, lo vas a necesitar.

Después de decir eso cortó la comunicación y Sabrina sintió que estaba a punto de explotar. Le gustaría tenerlo delante en aquel momento, tomarlo por los hombros y exigirle una explicación.

Pero seguiría su consejo, pensó. Descansaría todo lo que pudiera porque iba a necesitarlo para enfrentarse con él.

Lo haría aunque eso destrozase su matrimonio. Su no-matrimonio.

Cualquier cosa sería mejor que vivir en aquel limbo.

Sabrina no descansó en absoluto y Adham debía saber que no podría hacerlo.

Aunque a él le daba igual porque volvió a casa muy tarde y sin molestarse en llamar. Como siempre.

A las ocho de la mañana, Sabrina estaba en el vestíbulo esperando que hiciera su aparición, decidida a hablar con él antes de que se fuera.

Entonces oyó pasos y su corazón se aceleró… pero cuando oyó que entraba en el estudio se dirigió hacia allí con las piernas temblorosas, regañándose a sí misma por ser tan débil.

«Hazlo de una vez».

Apretando los dientes, empujó el picaporte y entró en el estudio.

Adham debía de haberla oído entrar, pero no levantó la mirada del informe que estaba leyendo tras el escritorio de caoba.

Sin embargo no pensaba dejar que siguiera tratándola como si no estuviera allí.

Aquello tenía que terminar de una vez por todas.

–Adham.

Él tardó unos segundos en levantar la cabeza, pero cuando la miró en sus ojos no había nada. Había vuelto a ser un extraño.

Sabrina se dio cuenta entonces de que sólo habían estado solos durante unos minutos desde que se casaron. Siempre había alguien más alrededor.

¿A qué se debía esa actitud de Jekyll y Hyde? Antes de casarse no se portaba así.

–Estoy ocupado, Sabrina –le dijo, sin inflexión–. Imagino que lo que sea puede esperar.

–No, no puede esperar. No voy a dejar que te deshagas de mí otra vez.

Él dejó el bolígrafo sobre la mesa y suspiró, mirándola como si fuera una niña molesta.

–¿Cuándo me he deshecho de ti?

–Todos los días desde que nos casamos –contestó ella–. Tal vez deberías empezar por explicarme tu visión del matrimonio, ya que no parece coincidir con la mía.

–¿Y cuál es tu visión del matrimonio?

–La misma que la de todo el mundo: un hombre y una mujer viviendo juntos.

–Tú y yo vivimos juntos.

–Quieres decir que te dignas a pasar de vez en cuando por la residencia en la que me instalas.

Adham se encogió de hombros.

–Todo el mundo sabe que vivimos juntos y yo vuelvo a casa cada noche.

–¿Qué más da lo que piensen los demás? Yo sé que no es verdad y exijo una explicación.

–No me gusta tu tono, Sabrina.

–Pues lo siento mucho, pero éste es el tono que pienso usar mientras te niegues a contestar a mis preguntas.

–Sabrina...

–Quiero saber por qué me tratas como a tu esposa sólo cuando estamos con otras personas.

La mirada de Adham se volvió helada.

–Si te preocupa que vaya a renegar de nuestro acuerdo, puedes estar tranquila.

–¿Qué acuerdo?

–Sigue en efecto, así que no tienes nada que temer. El edicto de mi padre no ha cambiado y sigo necesitando un heredero.

–¿Qué quieres decir?

–Tú sabes que pagué las deudas de tu padre y, naturalmente, tengo la intención de asegurar tu futuro –Adham observó entonces su desconcierto–. Pero parece que tu padre, tal vez debido a su rápido deterioro físico o porque pensó que ya sabías lo suficiente, no te informó sobre el acuerdo que negociamos.

El edicto de su padre, el acuerdo con el suyo... su futuro. Nada de aquello tenía sentido.

–No te entiendo.

Adham se levantó del sillón y, de repente, fue como si la habitación empequeñeciera.

–Firmé un contrato con tu padre por el cual los viñedos me pertenecen desde nuestro matrimonio. Cuando concibas un hijo te devolveré la escritura y cuando nazca el niño te daré el capital y los exper-

113

tos que necesitas para llevar la empresa. Me quedaré con las ochenta hectáreas que tu padre no plantó, pero como los términos del edicto de mi padre especifican que mi mujer debe estar embarazada un año después de la boda, y como ya hemos consumado nuestro matrimonio, puedo esperar. En un par de semanas sabremos si estás embarazada y, si no lo estás, te llevaré a mi cama de nuevo –Adham dio un paso adelante–. Si eso es todo lo que querías saber, tengo cosas urgentes que atender.

Sabrina estaba inmóvil, sin habla. Tenía la sensación de estar viendo cómo un tren se acercaba a toda velocidad…

No podía ser. Era imposible.

Su matrimonio con Adham había sido un acuerdo entre su padre y él.

–Quiero saberlo todo, señor Saunders.

–Pensé que lo sabía, señorita Grant… princesa Aal Ferjani –dijo Ethan Saunders, el abogado de su padre.

Princesa Aal Ferjani. Jamás se había sentido identificada con ese título. Al principio pensó que era por el estado de su matrimonio, ahora sabía que no tenía nada que ver con ella.

–Puede llamarme Sabrina, señor Saunders. Y quiero que me lo cuente todo. No hay ninguna cláusula legal que le impida contármelo, ¿verdad?

–No, no la hay. Pero tengo la impresión de que tu padre no quiso contártelo. Supongo que es por eso por lo que no estuviste presente durante las negociaciones del acuerdo.

Aquello era una pesadilla, pensó Sabrina, angustiada.

–Necesito saberlo. Mi futuro depende de ello.

–Muy bien, de acuerdo. Mientras tú estabas estudiando, la salud de tu padre se deterioró mucho y eso le provocó una gran depresión. Seguramente por eso tomó una decisión catastrófica, en contra de mis consejos, y terminó arruinado. Fue entonces cuando el jeque Adham apareció. Había intentado comprar los viñedos en varias ocasiones y cuando supo lo que había ocurrido supo también que tu padre tendría que vender. Pero él hizo que lo investigaran y descubrió que el jeque necesitaba tener un heredero en un determinado período de tiempo.

Aquello confirmaba sus peores miedos.

–Y me ofreció a mí a cambio del pago de las deudas.

–Tú reunías las condiciones que buscaba el jeque Adham y tu padre seguía siendo un astuto hombre de negocios.

–¿Y qué condiciones eran ésas?

–Tus cualidades físicas, tu linaje, tu… reputación.

Por eso Adham había fingido amarla esa noche. Quería saber si de verdad era pura antes de casarse con ella. Era una prueba de la que esperaba naciese un heredero y no tenía el menor interés en repetirla.

No había sido más que uno de los novios que su padre buscaba para ella, pero en esta ocasión había ido aún más lejos. Adham la había seducido para obligarla a aceptar el matrimonio.

En lugar de ser una rica heredera, estaba en deuda con él y sólo recuperaría la empresa familiar cuando le diese un hijo. Un hijo que necesitaba para cumplir con los deseos de su padre.

No había querido casarse y no sentía nada por ella.

No, peor aún. Para Adham era una molestia, una carga, una de la que se libraría en cuanto pudiese hacerlo.

El señor Saunders estaba contándole los detalles del acuerdo, pero Sabrina había escuchado todo lo que quería escuchar.

Era peor de lo que había imaginado. Sólo ella había creído que aquél era un matrimonio por amor, todos los demás sabían que no era así. Y Adham creía que ella conocía el acuerdo...

Furiosa, se secó las lágrimas con el dorso de la mano.

Daba igual lo que él creyese, sólo una cosa importaba: ella no quería saber nada del asunto. No aceptaría nada de Adham y haría lo que fuera para demostrárselo.

Y si el destino quería que le diese el deseado heredero sería en sus términos, no en los de su marido. No dejaría que su hijo creciera siendo un simple peón en un juego de ajedrez, como lo había sido ella, o un manipulador frío y sin corazón como Adham.

Capítulo Cinco

Adham golpeó la bola con tal fuerza que la catapultó al otro lado del campo, lanzando una nube de hierba y barro por el aire.

Cómo se atrevía.

Actuar como si fuera la esposa abandonada, retarlo por no cumplir con sus obligaciones maritales, como si alguna vez hubiera querido algo más que su dinero y su estatus.

Él sabía que no era así.

Todo había sido un complot entre su padre y ella. Por eso no podía tocarla de nuevo, aunque el deseo que sentía por Sabrina desde el día que la vio era tan intenso que tenía que alejarse de ella por las noches para no caer en la tentación.

Su belleza natural, que no necesitaba una gota de maquillaje, lo hacía perder la cabeza. Ni siquiera tenía que verla, sólo tenía que cerrar los ojos para ver esa piel bronceada, la cascada de su melena caoba, los ojos de color chocolate y sus labios temblando de placer para despertar cubierto de sudor frío cada noche, recordando el voluptuoso cuerpo y la sensualidad de su mujer, que él había creído inconsciente. Era casi imposible no entrar en su dormitorio cada noche para hacerle el amor.

Antes de conocerla había estado a punto de decirle a su padre que jamás se casaría porque él se lo ordenase. Pero entonces Sabrina entró en la habitación del hospital y, de repente, la idea del matrimonio no le parecía tan descabellada.

Cuanto más la veía, más convencido estaba de que el destino había conspirado para dársela como esposa, la única mujer con la que podría contemplar la idea de tener hijos.

La había hecho suya antes de casarse y, si tenía alguna duda sobre su honestidad y su pasión, la intimidad sin precedentes que había compartido con ella y el inimaginable placer que sintió habían solidificado su resolución.

Al día siguiente, mientras Sabrina dormía, había ido a ver a Thomas Grant con intención de pedirle su mano. Pero él habló primero, dándole a entender que era el marido perfecto para su hija y la mejor manera de pagar sus deudas. De modo que el deseo de Sabrina, su pasión... todo había sido teatro. Y había funcionado, de manera espectacular.

Grant, desesperado al pensar que apenas le quedaba tiempo, había expuesto su plan: podría casarse con Sabrina si firmaba un acuerdo.

Debía de estar más enfermo de lo que nadie sabía o tal vez había subestimado el poder de seducción de su hija porque le había pedido mucho menos de lo que Adham estaba dispuesto a dar.

Su primera intención fue quitárselo todo y dejarlos en la ruina, pero se compadeció de la enfermedad de Grant... por no hablar del deseo que sentía por Sabrina. Aunque se odiaba a sí mismo por ello, no podía pensar en nada más que en repetir esa noche de delirio.

Cuando Grant murió, Sabrina se quedó destrozada. Aunque había descubierto el engaño, sabía que su dolor era real y no habría podido saciar su deseo incluso cuando ella le dio a entender que podía hacerlo.

Estaba disgustado con Sabrina y consigo mismo, furioso por desearla de tal modo, y le pareció mejor alejarse para recuperar la cordura y decidir cómo iba a lidiar con el asunto.

Pero a medida que pasaban los días se daba cuenta de que había sido un gran error casarse con ella. Su deseo por Sabrina era real, mientras ella lo quería sólo para mantener la empresa familiar y su estilo de vida. Él nunca había pagado por sus placeres y no pensaba empezar con ella, aunque fuese la mujer a la que más había deseado en toda su vida.

Pero no podía dejarla ir y lavarse las manos. Sabrina lo tenía atrapado de por vida ya que los hombres de su familia se casaban para siempre. Aunque se separasen de mutuo acuerdo siempre era una separación privada y seguían presentándose juntos en público por tradición y por la veneración de Khumayrah al matrimonio. Nadie podía confiar en un hombre que no vivía con la mujer con la que se había casado.

Y eso lo llevaba al heredero que pedía su padre para estabilizar la situación interna del país.

No podía dejar que nadie sospechara que su matrimonio era un fracaso porque sus enemigos aprovecharían esa información. Lo habían hecho con su padre, propagando el rumor de que Adham y su hermana menor no eran hijos suyos, que su es-

119

posa lo había engañado. Las repercusiones fueron tremendas y habían necesitado media vida para demostrar la verdad.

Aunque eso debería haber impedido que siguiera los pasos de su padre, que también se había casado con una extranjera. El matrimonio de sus padres se había convertido en una relación de amor verdadero, pero ésa no era su situación y si se hacía público que su matrimonio había sido un simple acuerdo, la estabilidad de su país podría verse afectada.

De modo que allí estaba, atrapado, teniendo que interpretar el papel de marido enamorado. Aunque su deseo por Sabrina no era fingido, al contrario. No podía dejar de tocarla cuando estaban en público, pero tenía que apartarse cuando se quedaban solos, tenía que fingir desinterés.

Cuando Sabrina entró en el estudio había tenido que hacer uso de todo su autocontrol para no lanzarse sobre ella y darle lo que demandaba con tanta indignación. Aunque aún no sabía por qué.

Tal vez estaba preocupada. Ella no había visto el contrato y seguramente intentaba averiguar si merecía la pena interpretar el papel. Después de todo, había tenido que hacer un esfuerzo hasta aquel momento.

Pero después de haberle asegurado que le devolvería la empresa familiar seguiría haciendo el papel, estaba seguro. La semana anterior su interpretación en la cama había sobrepasado todas sus expectativas. Sabrina se derretía entre sus brazos, haciendo que perdiese la cabeza…

¿Cómo podía fingir de ese modo?

Un pensamiento lo golpeó entonces con la fuerza de un mazo de polo.

¿Y si no estaba fingiendo? ¿Y si, aparte de los motivos mercenarios de ese matrimonio, Sabrina lo deseaba de verdad?

Si era cierto, eso lo cambiaría todo…

–Adham, ¿dónde estás, amigo?

La voz de Nicolás lo devolvió al presente.

–El juego está aquí –dijo Jacob Anders, otro de los jugadores–. Pero es evidente que tú no.

–¿Por qué no seguimos entrenando cuando estés más concentrado?

Adham hizo una mueca. No estaba de humor para bromas, de modo que espoleó a Layl para salir del campo.

Tenían razón, debía concentrase en el juego y dejar de pensar en Sabrina.

Pero si ella lo deseaba, lo tendría.

Si placer era lo único que podían obtener de ese matrimonio, lo tendrían. Cada noche.

Una vez en el establo saltó del caballo y tomó su móvil para llamarla, pero no contestaba. Siguió llamando, furioso, hasta que Sabrina contestó por fin. Y, aunque no dijo nada, la oía respirar al otro lado.

–¿Por qué no has contestado enseguida?

Silencio al otro lado. Pero el sonido de su respiración se clavaba en su cerebro, excitándolo más. Recordaba los gemidos que lo volvían loco mientras se enterraba en ella…

–He contestado –dijo Sabrina, su tono distante, seco. Sin embargo, él seguía oyendo su voz esa noche mientras le demostraba su deseo, mientras gemía de placer y perdía todas las inhibiciones–. ¿Querías algo?

«Lo quiero todo».

E iba a conseguirlo todo. Esa misma noche.

Para lo bueno y seguramente para lo malo, Sabrina era su mujer y pensaba aprovechar esa ventaja. Sufriría los perjuicios gustoso cuando la tuviera totalmente abandonada en la cama.

El acuerdo con su padre podía haberlo cegado durante un tiempo, pero ahora lo veía todo claro. Era imposible que Sabrina hubiera estado fingiendo. Aunque tuviese un alma mercenaria, su cuerpo era el de una hedonista. Pero lo que importaba era que estaba convencido de que Sabrina lo deseaba tanto como la deseaba él. Y quería el placer que sólo él podía darle.

–Sebastian ha organizado una fiesta esta noche en la carpa para celebrar nuestro matrimonio –le dijo, su voz ronca de deseo–. Y tenemos que acudir para darle las gracias a nuestro anfitrión.

–¿Y cómo sugieres que hagamos eso?

–Sebastian me ha pedido que acudamos a la fiesta con el atuendo típico de mi país. Pregúntale a Hasnaa cómo debes vestirte. Puedes elegir las joyas que te parezca, quiero que esa noche seas mi princesa.

Al otro lado de la línea hubo un largo silencio, pero Adham esperó.

–¿Alguna cosa más?

–Sí –dijo él, sabiendo que tendría que soportar una erección durante horas–. No te estires el pelo ni te hagas un moño. Quiero ver tus rizos salvajes.

Después de murmurar unas palabras de asentimiento, Sabrina cortó la comunicación.

Adham miró el teléfono como si esperase que lo

llamara para decir algo más. Pero sabía que no lo haría.

La relación entre ellos había cambiado por completo. Horas antes ninguno de los dos había reconocido cuál era la situación, pero ahora todo había quedado claro y Sabrina había dejado de portarse como una esposa enamorada.

Pero su indignación esa mañana era debida a algo más que la preocupación por su futuro. Estaba realmente frustrada. Daba igual por qué se hubieran casado, ella esperaba, deseaba, acostarse con él.

Ésa debía de ser la razón por la que se mostraban tan fría. Debía pensar que seguía dispuesto a privarla de sexo.

Sería un alivio para su mujer saber que había decidido olvidarse del acuerdo al que llegó con Thomas Grant y volver a su cama. En cualquier oportunidad.

Y si le había dado tanto placer siendo delicado cuando Sabrina era virgen, ahora que podía despertar en ella una pasión abrasadora… ni siquiera podía imaginar cómo sería. De hecho, atormentarla sexualmente sería algo explosivo.

Y empezaría esa misma noche.

–Creo que ha elegido el vestido que mejor destaca su belleza, *ya ameerah* Sabrina.

Ella miró a la mujer a través del espejo. Hasnaa, una auténtica belleza como proclamaba su nombre, era la mujer de Jameel y ahora su dama de compañía.

Sabrina intentó sonreír, pero le salió una mueca. Afortunadamente, Hasnaa no se dio cuenta porque estaba colocando la falda del vestido. Era la primera vez que solicitaba sus servicios y sólo porque Adham se lo había pedido.

Quería que fuera su princesa esa noche, que hiciera un papel, por supuesto. Y ella debía hacerlo para respetar el pacto al que había llegado con su padre. No le daría a Adham la oportunidad de decir que no cumplía su parte del trato. Aunque para ella fuese una pesadilla, una prisión en la que había terminado gracias a una conspiración entre su padre y su marido.

Se había sentido desesperada en otras ocasiones, pero siempre había seguido adelante porque siempre había algo por lo que luchar, alguien que importaba, alguien que la había ayudado.

Cuando su madre murió, ella tenía doce años y tuvo que apoyarse en su padre para seguir adelante. Aunque no era fácil ser la hija de Thomas Grant, especialmente tras la muerte de su esposa, cuando se volvió más protector que nunca.

Se dio cuenta de la magnitud del problema cuando llegó a la universidad. Había perdido la cuenta de los chicos que querían salir con ella por el dinero de su familia y, para evitar el asalto de los buitres, su padre le había ido presentando a un hombre tras otro. Pero esos hombres no eran mejores que los aprovechados de la universidad, de modo que intentó convencerlo de que no estaba interesada más que en sus estudios.

Después de años de insistir, Thomas se dio por vencido, pero sólo lo había hecho debido a su enfermedad. Y luego, cuando por fin consiguió su título, su padre sufrió un infarto.

Adham estaba a su lado entonces, no estaba sola. O eso había creído.

En realidad estaba sola, no tenía a nadie. Desde luego, no tenía a Adham.

Sabrina se miró al espejo, con marco de pan de oro, y le pareció como si estuviera en una jaula dorada. Y, para completar la imagen de la bella cautiva, llevaba uno de los vestidos que él le había regalado.

Era un vestido de color rojo estilo sari bordado a mano, con corpiño y falda. La *dupatta*, como la había llamado Hasnaa mientras la colocaba sobre su cabeza, era una obra maestra de seda y organza, con filigrana de oro, piedras semipreciosas, lentejuelas y perlas.

Hasnaa había elegido para ella un collar de dos vueltas que caía sobre su escote, unos pendientes que llegaban casi hasta sus hombros y varias pulseras que cubrían sus antebrazos. Todas las piezas tenían piedras pulidas de colores montadas sobre oro de veinticuatro quilates.

Se había sentido incómoda al aceptar aquel regalo, aunque sabía que su marido podía permitírselo. Ella no quería que hubiera ni una sombra de materialismo entre ellos, pero había aceptado a regañadientes porque debía hacer su papel como esposa del príncipe.

Pero ahora sabía la verdad: aquello no era un simple regalo. Era parte del precio que había pagado por ella.

Y debía llevarlo, como una etiqueta.

Sabrina sintió una ola de náuseas y, después de pedirle a Hasnaa que la dejara sola un momento, se dejó caer sobre la cama, apoyando la cabeza en las rodillas.

Aquello podría ser lo que Adham había esperado…

Podría estar embarazada y sería muy fácil enterarse.

Pero no quería saberlo, aún no. No quería saberlo cuando le pidiera que diesen por terminado el acuerdo.

Porque antes tendría que hacer el papel de feliz esposa.

Y esta vez tendría que actuar de verdad.

Pero sería la última vez.

Capítulo Seis

–¡Sabrina, estás increíble! –exclamó Julia, haciendo un gesto de admiración.

–Pareces una princesa de cuento de hadas –dijo Catherine.

–Muy bien, ya tenemos el veredicto –anunció Vanessa Hughes, la hermana de Sebastian, con una túnica de lamé dorado que llegaba hasta el suelo–. Es el vestido más increíble que he visto en toda mi vida.

Sabrina sonrió, con una sonrisa tan genuina como era capaz.

–Sois muy amables, pero me siento como una tonta. Parece que voy vestida para una ópera mientras vosotras parecéis modelos recién salidas de una pasarela.

–Lo dirás de broma –exclamó Vanessa–. Yo daría lo que fuera por un vestido así. Pero dudo que pudiera llevarlo tan bien como tú. Tienes un aspecto tan exótico.

–Sois muy amables –repitió Sabrina–. Pero la verdad es que lo agradezco.

–No creo que tengas ningún complejo estando al lado de un hombre como el jeque Adham. Tu marido tiene locas a todas las mujeres de Bridgehampton –dijo Catherine.

–Estar con él te convierte en la estrella de cualquier reunión –añadió Vanessa.

–Ah, esos ardientes príncipes del desierto –bromeó Julia–. Ojalá nuestros hombres fueran tan cariñosos en público.

–Es un jefe estupendo, pero en mi opinión es un hombre muy reservado –opinó Catherine, su jefa de cuadras.

–Pues entonces más a mi favor –insistió Vanessa–. Nunca había visto a un hombre tan enamorado.

Cada palabra golpeaba a Sabrina como un látigo. Le habría gustado decirles que parasen, que todo aquello era mentira, que las habían engañado. Como Adham la había engañado a ella...

Tuvo que inventar una excusa para alejarse un momento cuando sus ojos se llenaron de lágrimas porque eso arruinaría su imagen de «princesa feliz».

Aunque tal vez no debería contener las lágrimas, se dijo.

No, ella no era sólo la princesa de Adham, también era una Grant y, sobre todo, era ella misma. Y ella no lloraba en público, nunca, ni siquiera durante el entierro de su padre. Y dejaría de hacerlo en privado. Se había hartado de dejar que él controlase sus emociones, su vida. A partir de aquel momento, sólo la controlaría ella.

–Y tú pareces un príncipe de *Las mil y una noches*, Adham.

Sabrina se volvió al oír la voz de Sebastian. Adham estaba a su lado como no lo había visto nunca. El auténtico Adham Aal Ferjani que había bajo la fachada de modernidad.

Un guerrero del desierto que tomaba lo que

quería y que convertía en esclavas a las mujeres. Un ser de otro mundo donde todo estaba lleno de magia, peligro, exceso y pasión.

Con un *abaya* negro que destacaba sus anchos hombros, flotando a su alrededor como un sudario de misterio, y los pantalones dentro de las botas parecía un ser sobrenatural que hubiera bajado a la tierra para conquistar, el ángel vengador de las fábulas orientales.

Sabrina tragó saliva. Su belleza, Su Majestad... le dolían. Y su estupidez al creer que se había enamorado de ella le dolía aún más.

–Te dije que esperases hasta que vieras a Sabrina, Seb –murmuró mientras la tomaba por la cintura, sus manos deslizándose bajo el borde del corpiño para rozar su piel desnuda–. Pero ni siquiera yo podía imaginar lo embrujador que podía ser un atuendo de mi país hasta que se lo ha puesto ella.

La instintiva reacción de Sabrina fue derretirse ante la extravagancia del halago, pero un segundo después recordó que todo estaba estudiado, medido, para hacer creer a los demás que sentía algo por ella y, sutilmente, se apartó de sus tentáculos.

Adham no dijo nada, pero volvió a tirar de ella con gesto posesivo.

–Espero que no hayas esperado mucho, *ya jame-elati*. Debería haberte acompañado o al menos haber estado en la entrada para ser el primero en verte esta noche, pero había una pequeña emergencia con los caballos...

–¿Qué ha pasado? –exclamó Catherine–. ¿Alguno se ha puesto enfermo?

–Rahawan ha sufrido un cólico –respondió Adham–. He llamado al doctor Lima y me he quedado con él hasta que se ha recuperado un poco.

–Voy a ver cómo está.

–No, no, por favor, Rahawan ya está bien.

–Pero sigo trabajando para usted hasta que termine la temporada. Y aunque no fuera así, sus caballos siempre serán importantes para mí, jeque Adham. Tengo que comprobar que Rahawan está bien.

–Está bien, no te preocupes. Y gracias por tu trabajo y tu dedicación. Richard es un hombre muy afortunado de haber encontrado una mujer tan leal y tan compasiva como tú. Pero, por favor, disfruta de la fiesta, yo pienso hacerlo.

–Muy bien, como quiera.

–¿Os importa si tomo prestada a mi mujer unos minutos? Llevo todo el día sin verla.

Cuando se alejaron del grupo Sabrina intentó soltarse, pero Adham siguió apretando su cintura. Incluso se inclinó para buscar sus labios, pero ella apartó la cara.

–Pensé que podría esperar hasta que terminase la fiesta, pero no puedo.

–Nadie nos oye, así que puedes dejar de hacer teatro. Menos es más, Adham. Mira alrededor y aprende cómo tus amigos tratan a sus novias. Sebastian y Richard no están todo el tiempo encima de ellas.

–¿Encima de ellas?

–Ten cuidado, estás empezando a hacer el ridículo.

Sabrina vio un brillo peligroso en los ojos oscuros, tan sexual y salvaje que sintió un cosquilleo entre las piernas.

–Lo único que me interesa ahora mismo eres tú,

así que dejémonos de teatro y sepamos la verdad –murmuró, tomando la mano de Sabrina para colocarla entre sus piernas mientras con la otra apretaba sus nalgas. Un gemido de placer escapó de la garganta femenina y, al ver su reacción, sonrió, satisfecho–. Ésta es la única verdad, que me deseas tanto como yo a ti.

Sabrina intentó apartarse, sintiendo como si estuviera ahogándose. Y así era, estaba ahogándose en sensaciones. Cada palabra, cada presión de sus dedos, su aliento en el cuello... todo era como un afrodisíaco.

Pero eso la enfureció.

Estaba manipulándola, sin sentir nada en absoluto, y no pensaba dejar que siguiera utilizándola.

De modo que se apartó de un tirón, sin preocuparle lo que pensara la gente. Estaba luchando por su vida, por su cordura.

–Tú me has contado la verdad esta mañana y no vas a cambiar las reglas cuando te convenga. No sé por qué haces esto y me da igual. Suéltame –murmuró cuando Adham volvió a tomarla por la cintura.

–No pienso dejarte ir.

–Por favor, para de una vez. Todo el mundo está mirando.

–Que miren, me da igual.

–Pero no es esto lo que tú quieres que vean. Y si no me sueltas, te aseguro que no te va a gustar.

–¿Es así como quieres jugar, Sabrina? ¿Quieres que te haga sucumbir? ¿Quieres que te vuelva loca de deseo para no sentirte responsable de lo que haces? No me importaría, te lo aseguro. Te hice suplicar una vez y puedo volver a hacerlo. Y en esta ocasión no tendré que ir despacio porque ya no eres inexperta. Ésta vez puedo demostrarte como me inflamas sin contenerme, explorando cada centímetro de tu cuerpo y haciendo que te desmayes de placer.

–Calla, Adham. Si no te callas, haré una escena y te aseguro que no es la clase de escena que quieres que presencien tus amigos. O los paparazzi.

–Demuéstramelo –dijo él, sin dejar de acariciarla por encima del vestido.

Un segundo antes de desmayarse de verdad, Sabrina consiguió soltarse. Pero no llegó muy lejos, Adham la tomó del brazo cuando estaba en la entrada de la carpa y la apretó contra su pecho, quitándole la *dupatta* para enterrar los dedos en su melena.

–No debería desearte de este modo, pero me excitas, me vuelves loco desde el momento que te vi. *W'hada gabl mat'sallemeeli nafssek.* Y esto fue antes de que te rindieras ante mí –le dijo, poniendo los labios sobre el pulso que latía en su cuello–. *Men hada'l yaum w'ana fen'nar.* He estado en el infierno desde ese día, deseándote y sabiendo que no debería ser así. Pero ahora estamos casados y tú estás tan atrapada como yo. Y me deseas tanto como yo a ti, un deseo tan fiero que no puede ser negado.

Sabrina se mordió los labios, la desesperación y la angustia extinguidos como una llama bajo un huracán.

¿La deseaba? ¿No había estado fingiendo?

Si era cierto, eso significaba que había alguna esperanza para su matrimonio.

–Adham, yo no…

–Puedo sentir tu deseo, Sabrina. Tu cuerpo tiembla por mí contra tu voluntad, buscando, ofreciéndose, suplicando el mío. Puedo sentir tu corazón desbocado bajo mis dedos.

Debería mortificarla que la conociese tan bien, pero sus reservas de mortificación se habían agotado al pensar en el escándalo que estaban creando. Además, era incapaz de disimular que sus besos la excitaban.

Adham se apoderó de su boca y Sabrina dejó escapar un gemido cuando deslizó la lengua entre sus labios. El calor de su cuerpo la enardecía y, por fin, abrió la boca para él, notando el roce de su duro miembro en el estómago.

Pero, a pesar de los locos latidos de su corazón, notó la curiosidad y la incredulidad de los invitados. Oyó los murmullos, sintió los fogonazos de las cámaras. Y Adham debió de notarlo también porque levantó la cabeza y, sin decir nada, se inclinó para tomarla en brazos.

—Voy a llevarte a casa —sus palabras tenían la convicción y el poder de una promesa—. Y voy a hacerte mía esta noche y para siempre.

Capítulo Siete

Sabrina le echó los brazos al cuello mientras salían de la carpa, sin pensar en nada más que en la perfección del cuerpo masculino rozándose contra ella a cada paso, en el calor de sus manos. Vio su ceño fruncido en un gesto de determinación y sintió que sus músculos se relajaban, como preparándose para la ferocidad del asalto.

No sabía durante cuánto tiempo habían estado caminando o la distancia que habían recorrido. El tiempo parecía suspendido hasta que se encontró en el interior de una limusina con los cristales tintados. Adham la tumbó sobre el asiento trasero y, cuando se colocó encima, Sabrina abrió las piernas para acomodarlo mientras él devoraba sus labios.

–*Galbi*, necesito sentir tu deseo, saborear tu placer –dijo con voz ronca.

Antes de que pudiera entender a qué se refería, la colocó sobre sus rodillas, de espaldas a él, con los muslos abiertos. Sabrina murmuró su nombre mientras acariciaba sus pechos por encima del vestido, pero un segundo después desabrochó los botones del corpiño y la giró suavemente para acariciar sus pezones con los labios. Luego, sin darle oportunidad para entender lo que sentía, o para apartarse, levantó la *lehenga* y bajó sus braguitas con una mano para acariciarla ardientemente con la otra.

Sabía que la hacía disfrutar con el roce de sus dedos, pero se apartó antes de llegar a un punto sin retorno. Sabrina necesitaba intimidad, no alivio. Y pensaba dársela; iba a conocerla tan íntimamente como se conocía ella misma.

Abrió con dos dedos los femeninos pliegues, hundiéndose en el río de lava que flotaba para él hasta que Sabrina se dobló sobre sí misma. Sólo entonces deslizó un dedo en su interior y luego un segundo y un tercero.

–Déjate ir, *ya jameelati. Areeni jamalek wenti b'tjeeli...* muéstrame lo bella que eres cuando te dejas ir.

Sabrina había estado intentando contenerse hasta ese momento, pero no podía más. Y cuando Adham volvió a introducir un dedo mientras la besaba, sintió un orgasmo que la dejó temblando como una frágil barca en medio de una tormenta.

Sus ojos brillaban de satisfacción al verla temblando de placer, suplicándole con la mirada que le hiciese el amor. Adham no apartó los dedos hasta que sintió el último temblor y luego se los llevó a los labios para chuparlos, dejando escapar un gemido ronco.

La abrazó después, sus ojos incandescentes en la oscuridad.

–¿Sabes lo que siento al verte así, *ya hayati*? Es lo más hermoso del mundo.

El corazón de Sabrina latía con tal fuerza que apenas podía respirar. Había intentado contemplar una vida de exilio emocional, amándolo y sabiendo que Adham no la amaba, pero se había rendido. Y no era sólo sexo o placer. Adham se estaba abriendo para ella, dejando que lo viese por dentro. Aquello era para ella, no para los demás. Y era totalmente sincero. Sabrina sabía que lo era.

Cuando murmuró unas tiernas palabras en su idioma mientras acariciaba su pelo, cerró los ojos, con el corazón lleno de esperanza.

El coche se detuvo poco después y Adham la ayudó a arreglarse el vestido antes de llevarla a su habitación. No era un cuarto enorme o lujosamente decorado como su suite, pero estaba permeada por su aroma y su presencia y sólo por eso le resultaba especial. Cualquier sitio donde viviera Adham era el mejor sitio del mundo.

Él la dejó a los pies de la cama y empezó a quitarle las joyas y la ropa con lentitud, deteniéndose para acariciarla y hablarle al oído. Cuando por fin estuvo desnuda le castañeteaban los dientes y tenía el corazón desbocado, desesperada porque terminase con aquel tormento.

Adham se echó hacia atrás para admirarla, tumbada sobre un montón de almohadones de seda. Y luego, como si no la hubiera atormentado suficiente, empezó a desnudarse delante de ella. Pero sin quitarse el pantalón.

Sabrina iba a protestar, pero Adham se arrodilló a su lado y pasó las manos por sus muslos antes de abrir sus piernas para colocarlas sobre sus hombros.

–*Daheenah adoogek men jedd*. Ahora quiero saborearte de verdad. He sido adicto a ti desde el primer día y estoy hambriento –murmuró, mientras abría sus labios con los dedos y pasaba la lengua por sus pliegues–. Di que siempre me dejarás hacer esto, que siempre querrás que lo haga.

Sabrina quería decírselo, pero estaba paralizada, de modo que sólo pudo asentir con la cabeza.

Satisfecho con la respuesta, Adham tomó sus femeninos labios en un beso devorador. Lamió y chupó su hinchada carne, introduciendo la lengua y llevándola al borde del precipicio para apartarse y volver a hacerlo de nuevo hasta que Sabrina creyó que iba a desmayarse.

Le suplicaba sujetando su cabeza con las manos, levantando las caderas hacia su boca, pero Adham seguía lamiéndola al ritmo que él marcaba hasta que, por fin, la hizo llegar al orgasmo gritando su nombre.

Y, a pesar de todo, lo deseaba más que nunca.

Sabrina se apoyó en los codos para mirar a aquel hombre magnífico entre sus piernas, la cabeza de león frotando sus muslos, y su corazón volvió a acelerarse.

–Deja de atormentarme, no me hagas esperar más.

Sonriendo, Adham se incorporó para tumbarse a su lado.

–Quítame el pantalón.

Aunque le temblaban las manos, Sabrina consiguió bajar la cremallera y deslizar el pantalón hasta la mitad de los muslos y, afortunadamente, él la ayudo quitándoselo de un tirón. Adham quedó ante ella en todo su esplendor, su miembro duro y enorme…

Y entonces supo que no podía esperar más.

Adham, notando su reacción, se inclinó para acariciarla de nuevo.

–Te he dado placer no sólo porque me gusta tanto como recibirlo, sino porque necesito saber que me deseas como yo a ti. Dímelo, Sabrina.

—Te deseo —murmuró ella—. Estoy loca por ti. Te deseo todo el tiempo. Por favor, Adham, *habibi*, hazme el amor.

Él se incorporó, un dios de virilidad y belleza, la ferocidad de su deseo casi amenazadora.

—¿Como quieres que lo haga la primera vez?

Sabrina no vaciló ni un segundo porque sabía lo que quería.

—Deja que te abrace mientras me haces tuya.

—¿Y la segunda vez?

—Quiero que estés encima, sobre mi espalda. Quiero sentir tu peso mientras me haces tuya.

Adham levantó una mano para acariciar sus pechos, tirando suavemente de los pezones.

—¿Y la tercera vez, la cuarta, la quinta?

—Lo que tú quieras. Lo deseo todo.

—Entonces dámelo todo.

—Sí, sí… —Sabrina buscó sus labios, desesperada—. Y todo me lo darás todo a mí.

—Todo lo que soy es todo tuyo, *ya malekati*, mi reina. Tómame, hazme tuyo —Adham se apretó contra ella, su erección rozando el vientre de Sabrina, latiendo vibrando—. Dime lo que quieres.

Sin inhibiciones, incapaz de esperar un segundo más, Sabrina bajó la mano para acariciar el aterciopelado miembro.

Adham dejó escapar un gemido ronco mientras empujaba las caderas hacia ella, mirándola con tal intensidad que parecía marcarla. Cuando notó que se acercaba a su entrada echó la cabeza hacia atrás y él hizo lo mismo. Luego, como si se hubieran puesto de acuerdo, los dos bajaron la mirada para verse, unidos como sólo podían estarlo un hombre y una mujer.

Increíblemente excitada, le echó los brazos al cuello y buscó su boca. Adham respiraba con dificultad y, aunque parecía a punto de perder el control, seguía sin entrar en ella.

Sin poder contenerse, Sabrina se dejó caer sobre la cama.

–Por favor…

–¿Por favor qué? Dímelo.

–Quiero tenerte dentro.

Murmurando algo ininteligible, Adham se enterró en ella, ensartándola de un golpe, y Sabrina dejó escapar un grito de placer. No hizo falta nada más; la invasión desencadenó una serie de explosiones.

–*Habibati*…

Sabrina lo sentía dentro ella, abriéndola, ensanchándola.

–*Aih, ya habibati, eeji alai*… déjate ir.

–Déjate ir tú… también.

Como si hubiera estado esperando la orden, Adham derramó en ella su semilla y Sabrina tembló al sentir los latidos de su miembro, los gemidos roncos de Adham armonizando con los suyos.

Era la perfección, la totalidad. El placer rompiendo las bases de su alma hasta que sintió como si las hubiera arrancado, liberando su cuerpo de limitaciones.

Se sentía saciada, pero sabía que no sería la última vez. Adham sólo tendría que decirle algo al oído y volvería a encenderse.

Él se tumbó a su lado y la abrazó, sus brazos como una cálida manta.

–He vivido las pasadas semanas con el recuerdo de nuestra primera noche juntos, pero de haber sabido que la noche de bodas iba a ser mil veces mejor no habría podido contenerme.

Sabrina sonrió.

–Y no me habrías atormentado durante tanto tiempo. De haberlo sabido te habría provocado para que perdieses el control mucho antes.

–Entonces, admites que me has provocado.

Ella rió.

–Ojalá pudiera decir que sí.

Adham la apretó contra su pecho, riendo también.

–Eres una bruja.

–¿Sabes una cosa? Siempre eres abrumador, pero en la cama eres… devorador.

–Mira quién habla –sin dejar de reír, Adham la tumbó boca abajo y se colocó sobre ella.

–No me estaba quejando. Estoy deseando ser devorada, una y otra vez.

Y consiguió lo que quería durante toda la noche.

Capítulo Ocho

Sabrina abrió los ojos en la cama de su marido. Adham. Su marido. Por fin.

Durante unos segundos se sintió feliz, satisfecha, saboreando los recuerdos de la noche anterior.

Habían compartido algo más que sexo. Adham sentía algo por ella, estaba segura. Tal vez los sentimientos de Adham no eran tan apasionados como los suyos, pero eran puros y poderosos. Y ella se aseguraría de que siguiera siendo así.

Habían empezado mal, pero no importaba. Estaban hechos el uno para el otro. Y su amor por él hacía que diera rienda suelta a emociones que quería suprimir, quizá porque pensaba que no debería sentir nada por ella, su esposa de conveniencia.

Adham se había ido media hora antes porque tenía una reunión con Sebastian, y Sabrina había dormido durante unos minutos, pero ahora estaba despierta. Y no pensaba esperar allí a que su marido volviera.

Media hora después, paraba el coche en la entrada de la mansión estilo Tudor de Sebastian Hughes. El mayordomo le informó de que Adham y Sebastian estaban en el salón, ella le dijo que no se molestase en acompañarla. Quería ver la reacción de Adham ante su presencia, el brillo de alegría en sus ojos.

De modo que se dirigió al salón, siguiendo las indicaciones del mayordomo y preguntándose si debía llamar o entrar sin hacerlo, pero la puerta estaba entreabierta e iba a empujarla cuando la voz de Sebastian hizo que se detuviera de golpe.

–Tengo que reconocerlo, Adham, lo de ayer fue un espectáculo. No se puede comprar publicidad así. A partir de ahora, el club de polo de Bridgehampton será famoso no sólo por los fabulosos caballos y la lista de celebridades, sino por la pasión descontrolada del príncipe del desierto y su rebelde y bella esposa americana. El año que viene vendrá mucha más gente, seguro.

–No me disgusta que el club se beneficie de mis actos –dijo Adham, pero no era eso en lo que estaba pensando ayer.

–Si pensabas en algo en absoluto –bromeó Sebastian–. Aparte de perseguir a tu desafiante esposa, claro. Desafiante al principio, al menos. Pero luego la besaste y… de repente fue como si ardierais por combustión espontánea. Seguro que esos enemigos que os vigilan para averiguar si tu matrimonio es real ya no tienen nada en lo que apoyarse.

–¿Y tú como sabes eso?

–Un canalla que se hacía pasar por reportero vino hace unos días a entrevistarme, pero sobre todo me preguntó por ti y por tu reciente matrimonio. Intentaba por todos los medios que le dijera que el vuestro era un matrimonio de conveniencia… incluso me contó que en tu país todo el mundo cree que una novia comprada es una mujer insatisfecha que engaña a su marido para vengarse.

Adham asintió con la cabeza.

—En mi país, que tu mujer te engañe es el mayor deshonor. Y más aún si el engaño da como resultado algún hijo. Es lo que ocurrió con mi familia. Los enemigos políticos de mi padre usaron sus problemas maritales para atacarlo, diciendo que mi hermana y yo no éramos hijos suyos.

Sebastian lanzó un silbido.

—Vaya, entonces me alegro de haber hecho que investigaran a ese imbécil.

—¿Y qué has descubierto?

—Que había sido enviado por un tal Nedal Aal Ajam, enemigo acérrimo de los Aal Ferjani y el mayor beneficiario si hubiera un golpe de estado en Khumayrah.

—*Aih, hadda suheeh.* Es cierto. Ese hombre aprovecharía cualquier desavenencia entre Sabrina y yo para plantar la duda sobre nuestro matrimonio. Como en el caso de mi madre, que no había nacido en Khumayrah, usarían el hecho de que Sabrina es una extranjera. La mentira de que Layla y yo no somos hijos de mi padre nos persiguió durante años, hasta que se vio obligado a refutar esas acusaciones con pruebas médicas.

—Obligar a un rey a demostrar que su mujer no lo ha engañado tiene que ser terrible. Y mucho más en un país con una cultura tan machista como la tuya.

—Sí, me temo que así es. Pero mi padre castigó a los que habían lanzado esos rumores.

–Pero eso no parece evitar que otros sigan por el mismo camino, ¿no?

–Conseguir el trono de Khumayrah es un premio demasiado jugoso como para no arriesgarse. Y no necesitan ir tan lejos como fueron los otros. Si pueden demostrar que alguna de las novias reales es una mujer insatisfecha, no necesitarán poner en duda la legitimidad de sus hijos. Un gobernante que no es capaz de satisfacer a su mujer, tampoco es capaz de gobernar una nación –dijo Adham, pensativo–. Nuestra situación política es tan compleja que una batalla en ese frente jugaría a favor de nuestros enemigos.

–Pero tú no tienes nada de qué preocuparte –dijo Sebastian–. Digan lo que digan esos traidores, después de lo de anoche nadie pensará que Sabrina no es una mujer satisfecha. Es evidente que está locamente enamorada de ti y ahora el mundo entero tiene pruebas fotográficas de que así es.

Después de un largo silencio Adham dejó escapar un suspiro.

–Sí, imagino que sí.

Sabrina se dio la vuelta y salió de la casa sin decir nada, el corazón latiendo dentro de su pecho como un pájaro herido.

Dejando escapar un gemido, subió al coche y apoyó la cabeza en el volante. Era mucho peor de lo que había imaginado.

Sólo había montado aquel espectáculo delante de la gente, como había señalado el propio Sebastian, para evitar los rumores.

La noche anterior había llegado a creer que, aunque Adham se sentía atraído por ella, el acuerdo con su padre había endurecido su corazón haciendo que tratase su matrimonio como un acuerdo comercial y nada más. Creía que había perdido el control cuando la abrazó en público, actuando de manera espontánea por primera vez, demostrando el deseo que había escondido incluso de sí mismo.

Pero estaba equivocada. Adham no había perdido el control, lo había hecho para controlar los posibles daños. Y tenía que hacerlo porque sus enemigos lo vigilaban.

Que lo rechazase en público era precisamente aquello que más temía porque habría destrozado la imagen de matrimonio feliz que quería dar y que era vital para el equilibrio de fuerzas en su país.

De modo que había vuelto a seducirla para llevar a cabo sus planes.

Y si ella no hubiera estado tan desesperada por verlo de nuevo seguiría en su cama, sin saber la verdad.

Engañada durante el resto de su vida.

Adham había salido de la casa de Sebastian una hora antes y estaba conduciendo sin rumbo desde entonces. Por primera vez en su vida, se sentía perdido.

Necesitaba tiempo para aceptar lo que había ocurrido esa noche. Había sido algo más que sexo explosivo, mucho más porque cuando la hizo suya, Sabrina lo había hecho suyo también.

Su padre solía decir que ése era su destino, como había sido el suyo encontrar a una mujer irremplazable cuando menos lo esperaba, una mujer a la que amaría durante el resto de sus días.

¿Pero lo amaba Sabrina?

Había sentido que su corazón se aceleraba cuando Sebastian anunció que así era, como si fuese una conclusión decisiva.

Porque él no sabía la verdad.

No tenía la menor duda de que Sabrina lo deseaba con todo su ser, ¿pero lo amaba?

Demasiadas cosas lo hacían temer que su corazón no estuviera involucrado. O peor, que ella no quisiera involucrarlo.

Cuando cayó en sus brazos estaba rota de dolor por la muerte de su padre y había necesitado su apoyo. ¿Sus sentimientos por él serían de gratitud mezclada con deseo? Nada de eso era amor y él no podía vivir sabiendo que no lo amaba como la amaba él.

Pero había una forma de descubrir la verdad, una prueba.

Y temía el resultado. No sabía qué podría hacer si descubría que no lo amaba y nunca podría amarlo, pero tenía que saberlo.

No podía vivir con esa inseguridad.

Horas después volvió a casa y lo sintió de inmediato.

Un vacío físico, una ausencia.

La buscó por todas partes, pero incluso mientras la llamaba a voces sabía la verdad.

Sabrina se había ido.

Cuando entró por segunda vez en su dormitorio, que había sido de los dos sólo una noche, vio algo que le había pasado desapercibido la primera vez: una nota sobre la mesilla.

Se acercó como si fuera una granada de mano y la abrió con el cuidado de alguien que estuviera desactivando una bomba.

Pero no había manera de desactivar lo que decía la nota.

Sólo tres palabras: *Quiero el divorcio.*

Capítulo Nueve

Luchando contra la incredulidad y la angustia, Adham estuvo llamando al móvil de Sabrina durante media hora, pero el teléfono sonaba hasta que era desconectado.

Interrogó al personal de la casa, sin importarle estar revelando a sus subordinados que no tenía ni idea del paradero de su mujer, pero nadie sabía nada.

Estaba a punto de perder los nervios cuando el guardaespaldas que cuidaba de Sabrina, y que él había olvidado por completo, lo llamó por teléfono. Y le dijo que Sabrina había vuelto a su casa en Long Island.

Las dos horas que tardó en llegar al viñedo Grant le enseñaron el significado de la palabra «agonía».

Cuando la vio por fin, una figura vestida de blanco en la distancia, sintió que había envejecido diez años.

—¡Sabrina!

El grito hizo que se detuviera y Adham sintió como si sus pies no tocaran el suelo mientras se acercaba a ella a grandes zancadas.

Se detuvo a su lado, vibrando de emoción, admirando su melena de color caoba y sintiendo cada latido de su corazón en la garganta.

Y entonces lo supo.

Estaba condenado a amarla, incluso sin la esperanza de que ella le devolviera ese amor. Lo que evocaba en él era lo único que necesitaba para vivir, pero Sabrina no sentía lo mismo.

De modo que debía amarla y aceptar de ella lo que Sabrina quisiera darle.

Sintiéndose derrotado por primera vez en su vida, Adham no se molestó en disimular.

–¿Qué haces aquí?

–He venido a buscarte. No puedo vivir sin ti.

–¿Qué?

–Ahora conoces tu poder sobre mí. Y si quieres un nuevo acuerdo, en tus términos, lo tendrás.

–Lo único que quiero es no volver a verte nunca más.

Adham intentó tomarla del brazo, pero ella se apartó de un tirón.

–Había pensado que esto demostraría si sentías algo por mí o no, pero ya no es una prueba –dijo él entonces, ofreciéndole una carpeta–. Puedes pedirme lo que quieras, pero quédate conmigo, dame otra oportunidad. Sé que hemos empezado mal, pero podemos hacer que nuestro matrimonio funcione. Yo sé que podemos.

Sabrina se apartó, como si su roce la quemara.

–Nunca podría funcionar.

Adham se dio cuenta de algo entonces. Aunque pagara el precio que ella pidiera por quedarse, lo mataría saber que no sentía nada por él.

Tenía que dejarla ir, aunque le rompiese el corazón, aunque fuera un riesgo para su país. Aunque estuviera embarazada de su hijo. Prefería vivir en el exilio antes que estar con ella sabiendo que la tenía de todas las maneras posibles pero estaba para siempre exiliado de su corazón.

Incapaz de soportar esa agonía, se dispuso a marcharse…

—¿Qué es esto?

Adham se dio la vuelta y la encontró ojeando los documentos que había en la carpeta. Esperó, con el corazón encogido, ver un brillo de alegría en sus ojos cuando descubriera que lo único que quería era que fuera suya, sin condición alguna.

Pero no era alegría lo que veía en sus ojos, sino furia.

Su sorpresa se convirtió en estupefacción cuando Sabrina rasgó el contrato en el que le devolvía los viñedos.

—¿Ves esto, Adham? ¡Esto es lo que pienso de tu contrato! Puedes quedarte con las tierras, con todo, me da igual. ¿Crees que quiero heredar los viñedos? No, no los quiero. El dinero de mi padre ha sido un problema toda mi vida. Todos los que se han acercado a mí querían eso, incluido tú. Si ya no estás interesado, puedes donárselos a alguna asociación benéfica, me da lo mismo. Yo nunca he querido nada de esto, lo único que quería era el cariño de mi padre… estudié Dirección de Empresas y Viticultura para ser su mano derecha, para quitarle de encima parte de la carga. Yo valgo para algo más que para casarme y tener hijos y no necesito tu dinero. Tengo un título universitario y cualquier empresa me contrataría por el salario que pidiera.

Adham sólo podía mirarla, perplejo, mientras se desahogaba.

—En cuanto a ti, lo único que quería era tu cariño y tu respeto, pero ésos son conceptos que te resultan extraños, ¿verdad?

–Sabrina…

–Y lo único que necesito de ti ahora es un divorcio.

Con cada palabra que pronunciaba, Adham iba dándose cuenta de la verdad: Sabrina nunca había querido las cosas por las que creyó que se había casado con él. No sabía nada del acuerdo al que había llegado con su padre y pensaba que el matrimonio era real.

Había querido casarse con él porque lo deseaba, porque lo amaba.

–*Arjooki, ya habibati.* Yo te quiero…

–¡No, por favor! –lo interrumpió ella–. Deja de actuar. Te he oído antes, hablando con Sebastian. Tu única preocupación es evitar las dudas sobre nuestro matrimonio para que tus enemigos no intenten derrocar a tu familia. Entiendo que es una causa noble, pero no cuentes conmigo. Ve a comprar otra mujer para ese puesto, Adham. Yo quiero… yo merezco a alguien que no finja desearme.

–*Habibati*, te lo suplico, escúchame.

–Ya te he escuchado suficiente. No he hecho nada más que escuchar tus mentiras desde el día que te conocí, pero hoy he sabido la verdad y nada de lo que digas cambiará eso.

Era maravilloso saber que Sabrina lo amaba, pero tenía que dejar que le explicase.

–Lo has entendido mal. Estaba hablando con Sebastian sobre el problema que hubo en mi país, contestando a sus preguntas sobre lo que deseaban mis enemigos…

–Por favor, lo de anoche fue sólo para demos-

151

trarle a tus enemigos que estoy loca por ti. Y supongo que te acostaste conmigo de nuevo para conseguir un heredero.

Adham tuvo que apretar los puños para no abrazarla. Su corazón se había lanzado a una carrera loca por miedo a que no lo escuchase. Pero no podía aceptarlo, no lo haría nunca. Sabrina *tenía* que creerlo.

—No, no es eso…

—Es eso exactamente. Pero no te preocupes, no habrá repercusiones. Has tenido suerte, las dos veces que nos acostamos juntos fueron en el peor momento del mes.

—Me da igual que nunca estés embarazada…

—Ahórrate las mentiras —lo interrumpió Sabrina—. Y míralo de esta forma: nuestro divorcio servirá para promocionar el club de polo. La próxima temporada se llenará de curiosos deseando verte con una nueva adquisición.

Adham la miró, sin saber qué decir. No conocía a aquella Sabrina, una mujer que no necesitaba a nadie, que no podía ser engañada o comprada pero que se entregaría al hombre que la amase. Una tigresa capaz de matar a cualquiera que le hiciese daño.

Estaba luchando por su vida, porque ella era su vida, pero no podía controlar la emoción que lo invadió al descubrir esa nueva faceta de su mujer. Quería conocerla de verdad, saber lo que había en su corazón, pero eso no ocurriría si no la convencía de su sinceridad.

Decidido a soportarlo todo por el daño que él le había causado, dio uno paso adelante.

—Fue Sebastian quien dijo que lo que pasó anoche era bueno para el negocio, no yo. Pero sólo tenía razón sobre una cosa: yo no pensaba en nada más que en ti anoche. Quería hacerte mía, pero cuando me rechazaste me olvidé de todo. Sólo pensaba en recuperarte, en hacer que sucumbieras al deseo que sentías por mí…

–No te creo.

–Iba a darte ese documento que te libraba de cualquier acuerdo. Pensé que, si decidías quedarte conmigo cuando no tenías que hacerlo, ésa sería la prueba de que me amabas –Adham tomó su mano–. Sabrina, te amo. Te amo tanto que no podía creer que lo que había entre nosotros fuese real. Me resultaba más fácil pensar que estabas de acuerdo con tu padre, pero eres un milagro. Y que me ames, después de lo que te hicimos, es más que un milagro.

Ella negó con la cabeza, incrédula.

–¿No me amas?

–Sigues actuando. Necesitas un hijo y no quieres molestarte en adquirir otra esposa. Imagino que debió de ser una pérdida de tiempo para ti tener que cortejarme, todos esos días pendiente de mí, fingiendo que estabas preocupado…

–No es verdad.

–Mira, voy a darte un consejo: la próxima vez deja de actuar y habla claramente. Seguro que hay muchas mujeres dispuestas a casarse con un príncipe en los términos que sea.

–Yo sólo te deseo a ti. Y el único engaño fue fingir que no sentía nada –Adham se detuvo al ver que los ojos de Sabrina se llenaban de lágrimas–. Pero no puedo pedirte que me creas. Las palabras no significan nada, tengo que demostrarte la verdad de mis sentimientos.

Adham sacó el móvil del bolsillo y marcó un número.

—¿Angus Henderson? Soy el jeque Adham Aal Ferjani. Tengo una noticia para usted. Grabe lo que voy a decir para que pueda citarme textualmente... ¿está preparado? Soy el jeque Adham Aal Ferjani de Khumayrah y quiero divulgar las verdaderas circunstancias de mi matrimonio con Sabrina Grant...

Sabrina miraba a Adham, perpleja, mientras le contaba la verdad al periodista. Incluso le contó que estaba intentando convencer a su mujer, el amor de su vida, para que le diera una segunda oportunidad de demostrarle su amor.

Unos minutos después cortó la comunicación.

—¿Entiendes ahora que sólo me importa que tú creas que te amo, que quiero que sigas siendo mi esposa, mi amante, mi alma gemela?

Ella sólo podía mirarlo, atónita. Angus Henderson era uno de los periodistas más famosos del país, presentador de uno de los programas corazón más vistos en televisión. Y Adham acababa de contarle toda la verdad, poniendo en peligro su puesto en Khumayrah, la relación con su padre...

Había puesto en peligro toda su vida por ella.

Sabrina tomó el móvil de Adham y pulsó el botón de rellamada.

—¿Señor Henderson? Soy Sabrina Grant, la princesa Aal Ferjani. Lo que mi marido le acaba de contar era una broma. No hay nada de verdad en lo que ha dicho, así que, por favor, no lo divulgue.

Al otro lado de la línea hubo un silencio.

–Siento mucho que sea así porque acabo de dar la noticia en directo. De hecho, esta llamada está siendo emitida en directo.

–Oh, no…

Adham le quitó el teléfono, asegurando a la audiencia que hablaba en serio y que no iba a retractarse. Sabrina intentó protestar, pero él sonrió, tomándola por la cintura mientras guardaba el móvil en el bolsillo.

–¿Me crees ahora, *ya rohi*?

–¿Qué significará esto para tu país? ¿Cómo puedes haber hecho algo así? –Sabrina le echó los brazos al cuello, sus ojos llenos de lágrimas. Acababa de demostrarle que estaba loco por ella–. Oh, *ya habibi*, siento haber tardado tanto en creerte. No tenías que llegar a esto.

Él negó con la cabeza.

–Tenía que hacerlo. No podía dejar que dudases de mí ni un segundo más.

–Nunca volveré a dudar de ti. Por favor, dile a Henderson que vas a retractarte…

–No, no voy hacerlo. Es mi castigo por haber estado tan ciego y mi forma de darte las gracias por salvarme la vida, Sabrina. Me has rescatado de una vida sin ti, una vida de tristeza.

–No tienes que castigarte a ti mismo para darme las gracias. No puedo soportar verte sufrir… ¿y qué pensará tu padre?

–Me da igual, lo único que me importa es lo que pienses tú. Quiero que me des la oportunidad de demostrarte cuánto te quiero.

Lágrimas de alegría y gratitud rodaban por las mejillas de Sabrina.

–¿Me quieres de verdad?

–Estoy loco por ti y pienso hacer todo lo que esté en mi mano para demostrártelo. Y te aseguro que se me ocurren mil maneras de hacerlo.

–Yo prometo hacer lo mismo –Sabrina lo miró, con el corazón lleno de amor por aquel hombre magnífico, su hombre, para siempre–. Pero a lo mejor a mí también se me ocurren ideas.

–Ah, eso suena como un reto –Adham rió–. Y ya me conoces, me gustan los retos y no pierdo nunca.

Ella se derritió sobre el pecho de su marido.

–Y puede que yo te deje ganar…

Deseo™

El vecino nuevo

MAUREEN CHILD

El multimillonario Tanner King quería terminar con el negocio de árboles de Navidad de su vecino, que le molestaba mucho. King tenía el dinero y el poder suficientes como para conseguir que le cerraran el negocio, así que a Ivy Holloway, la propietaria de la plantación, no le quedaba otra opción que ablandarle.

Tanner no podía vivir tranquilo por culpa del negocio de su vecino y, además, no conseguía deshacerse de la guapa asistenta que le había mandado su abogado. No era capaz de dejar de pensar en ella ni evitar besarla. El problema era que la dueña de la plantación y su asistenta… eran la misma persona.

¿Sería capaz aquel multimillonario de amar a su enemiga?

Acepte 2 de nuestras mejores novelas de amor GRATIS

¡Y reciba un regalo sorpresa!

Oferta especial de tiempo limitado

Rellene el cupón y envíelo a

Harlequin Reader Service®
3010 Walden Ave.
P.O. Box 1867
Buffalo, N.Y. 14240-1867

¡Sí! Por favor, envíenme 2 novelas de amor de Harlequin (1 Bianca® y 1 Deseo®) gratis, más el regalo sorpresa. Luego remítanme 4 novelas nuevas todos los meses, las cuales recibiré mucho antes de que aparezcan en librerías, y factúrenme al bajo precio de $3,24 cada una, más $0,25 por envío e impuesto de ventas, si corresponde*. Este es el precio total, y es un ahorro de casi el 20% sobre el precio de portada. !Una oferta excelente! Entiendo que el hecho de aceptar estos libros y el regalo no me obliga en forma alguna a la compra de libros adicionales. Y también que puedo devolver cualquier envío y cancelar en cualquier momento. Aún si decido no comprar ningún otro libro de Harlequin, los 2 libros gratis y el regalo sorpresa son míos para siempre.

416 LBN DU7N

Nombre y apellido   (Por favor, letra de molde)

Dirección   Apartamento No.

Ciudad   Estado   Zona postal

Esta oferta se limita a un pedido por hogar y no está disponible para los subscriptores actuales de Deseo® y Bianca®.
*Los términos y precios quedan sujetos a cambios sin aviso previo.
Impuestos de ventas aplican en N.Y.

SPN-03   ©2003 Harlequin Enterprises Limited

Bianca™

Era una aventura tan secreta como prohibida…

Habiendo pasado su infancia en casas de acogida, Ashley Jones no tenía a nadie y necesitaba desesperadamente aquel nuevo puesto de trabajo como secretaria de un escritor. Pero se quedó impresionada al llegar a la aislada mansión Blackwood y, sobre todo, al conocer al formidable Jack Marchant.

A pesar de sus inseguridades, el atormentado Jack Marchant le robó el corazón de inmediato. No sabía qué secretos escondía aquel hombre tan huraño, pero un beso se convirtió en una tórrida aventura…

Boda imposible

Sharon Kendrick

Deseo™

Noches en el desierto

SUSAN STEPHENS

Aunque Casey Michaels creía que había ido muy bien preparada para su
nuevo trabajo en el desierto, se sintió
totalmente fuera de lugar ante el poderoso atractivo de su maravilloso jefe.

El jeque Rafik al Rafar reconoció la
inexperiencia de Casey nada más verla,
y bajo el sensual calor del desierto se
encargó de su iniciación sexual. Para
su sorpresa, Casey le enseñó a su vez
el significado de los placeres sencillos
de la vida; sin embargo, su sentido del
deber como rey lo reclamaba…

*¿Sería capaz de amarla fuera
de las horas de trabajo?*